「声、聞かせてくれよ」
――やだ、恥ずかしい！
彩子が必死の思いで首を左右に振ると、
くくっと喉を鳴らすような笑いが耳朶を打った。

没落令嬢ですが、元婚約者御曹司に追いかけられてます!

蘇我空木

Vanilla文庫 Miel

没落令嬢ですが、元婚約者御曹司に追いかけられてます！

contents

イラスト／御子柴リョウ

プロローグ

「わぁ……すご、い…………！」

早朝、バルコニーに出た彩子《あやこ》は初めて見る光景に目を輝かせた。

小さな島々の合間からオレンジ色の太陽が姿を現し、濃い紫色をした夜空を溶かしていく。それが静かな海に反射して綺麗《きれい》なシンメトリーになっている様に息をするのも忘れて見入っていた。

普段の彩子であれば、こんな朝早くに目を覚ましたりしない。登校時間ギリギリまで布団の中で粘り、痺《しび》れを切らした母親が部屋に乗り込んでくるのがお決まりのパターンになっていた。

だけど今は「日常」ではない。昨日、東京にある自宅から西へ向かい、この伊勢志摩《いせしま》にあるコテージへとやってきた。

海へせり出すように造られた建物には露天風呂があり、湯船に浸かるとまるで海に入っているように見えるのにすっかり興奮し——逆上《のぼ》せてしまったのだ。

ベッドに運ばれてそのまま休むように言われた時は、いくら自業自得とはいえ悔しかった。だけど、お陰で夜明けに目覚めてこの見事な光景を見られたのだから悪くない。

まだ夏の名残《なごり》があるとはいえ、早朝の空気はひんやりとしている。肌寒さを覚えながらも彩子は早起きのご褒美を堪能していた。

「…………彩子？」

下から名前を呼ばれたのは、そろそろ部屋に戻ろうとしていた矢先だった。反転しかけていた身体を戻し、手すりから身を乗り出すと、こちらを見上げる人影を見つけた。

「あっ、橙吾《だいご》君っ！　おは……」

「し──っ！」

唇の前に人差し指を立てる仕草に、咄嗟《とっさ》に両手で口を塞ぐ。そうだ。部屋の中にいる人達はまだぐっすり寝入っている。彩子は眠りを妨げられるのがどれだけ腹立たしいかを知っているからこそ、できるだけ物音を立てないように気をつけながらここまで出てきたのだ。

「左側に階段がある。下りてこられるか？」

「うん。あ……でも、なにも履いてないんだった」

「そこにサンダルがあるだろ。彩子にはちょっと大きいから気をつけろよ」

「はーい」

橙吾が言っていた通り、階段の手前に踵《かかと》のないスリッポンがあった。大人用なのでまだ十歳の彩子には大きいが歩けないほどではない。慎重な足取りで一段ずつステップを下りていくと、ゴールで橙吾が待っていてくれた。

「えっと、おはよう！」

「おう、おはよう。具合は大丈夫か？」

「すっかり元気だよ」

彩子が回復アピールのためにその場でぴょんぴょん跳ねてみせると、橙吾が呆《あき》れ交じりの笑顔を見せた。

「橙吾君はどうしたの？　散歩？」

「や、ランニング」

「へぇ……すごいねぇ」

彩子より三歳年上の橙吾は幼い頃から柔道を習っている。中学に上がってから急に身長が伸びたようで、今は顎をしっかり上に向けないと顔が見えないほどだ。それが置き去りにされたみたいで少し寂しい気もするが、精悍《せいかん》な顔つきに変わりつつある幼馴染《おさななじみ》を前に密かに胸をときめかせてもいた。

彩子の祖父、三浦綜二郎《みうらそうじろう》と橙吾の祖父である加々良仁之介《かがらじんのすけ》は大学の同期生という間柄である。お互いに家業を継ぐ身だったこともあり馬が合ったらしい。大学を卒業したあとも交流が続き、家族ぐるみの付き合いを続けていた。

だから彩子が生まれた時、孫同士を結婚させようと決めたのは当然の流れだったのかもしれない。

つまり彩子には、この世に生を享《う》けた瞬間に許嫁《いいなづけ》ができたのだ。

それからというもの、時節のイベントや休暇の際によく顔を合わせる間柄になっている。

今回の伊勢志摩旅行は加々良家が新たに別荘を建てたので、そのお披露目も兼ねて九月の三連休に招かれたのだ。

「おじいちゃん、いつもは早起きなのに今日はまだ寝てるんだよね」

「あー……昨日はなんだか盛り上がってたもんな。遅くまで飲んでたんだろ」

「そうなんだ。橙吾君も一緒だったの？」

「いや、付き合いきれなくてさっさと離脱した」

海辺の遊歩道を歩きながらとりとめのない話をしているが、彩子はどこか落ち着かない。

それはきっと、大きすぎるサンダルが危ないからと繋《つな》がれた手のせいだろう。

橙吾の中学進学を祝う食事会からまだ半年と経っていないというのに、急に大人びたように見えるのは気のせいだろうか。許嫁と言われてもぴんとこなくて、これまでなんとも思っていなかったのに、なぜか胸のあたりがざわめいてしまう。

とはいえ、橙吾の態度はこれまでとなにも変わらない。今だって手を繋いでくれているのは、危なっかしい妹のような存在が怪我をしたら大変だと思っているからだろう。そこにあるのは異性への気遣いではなく、家族愛に近いものかもしれない。

　ぶっきらぼうな橙吾に気遣ってもらえるのは嬉《うれ》しいのに、素直に喜べない。そんな気持ちを押し隠すために彩子は努めて明るく振る舞っていた。

「ねぇねぇ、あの海にいっぱい浮かんでるのって真珠なんでしょ？」

「厳密にはアコヤ貝の養殖筏《いかだ》な」

「その中に真珠が入ってるんだから一緒じゃない」

「入ってない場合だってあるんだから別だぞ」

　彩子がむぅ、と頰を膨らませると橙吾がにやにやしながら指で突いてきた。幼馴染はこんなに理屈っぽかっただろうか。それとも、彩子を揶揄《からか》って楽しんでいるのかもしれない。

「もうっ、橙吾君のいじわる！」

「違うって。俺は事実を……」

「もういいっ！」

　彩子は繫いでいた手を振りほどき、一人でずんずんと遊歩道を進んでいく。こんなことなら挨拶だけしてさっさと部屋に戻ればよかった。そうすれば見事な朝焼けという綺麗な思い出だけを残せたのに。

「彩子っ、危ないって！」

「平気だもん。橙吾君はランニングに戻ればー？」

後ろから追ってくる気配を感じ取り、思わず小走りになる。運動会ではリレーの選手に選ばれるほどなので運動神経は悪い方じゃない。だからぶかぶかのサンダルでも平気だとスピードを上げた。

「きゃっ…………！」

その直後――その判断が間違いだったとわかった。

踏み出した右足からサンダルがぽろりと脱げた。

地面で一回バウンドしてから左脚に向かって飛んでくる。彩子は咄嗟に避けようと身体を捻った瞬間、視界が大きく斜めに動いた。

「危ないっ!!」

後ろに振り抜いた左手が摑《つか》まれ、強く引っ張られる。柵との衝突を間一髪のところで免れた彩子は勢いよく反対側にあったものに顔からぶつかり――そのまま倒れ込んだ。

「…………ってぇ……」

呻《うめ》き声が耳と身体から同時に伝わってくる。きつく閉じていた目を開くと、ほとんどゼロといえる至近距離に橙吾のしかめっ面があった。

状況が理解できないまま彩子はのろのろと身を起こす。そしてようやく、自分が橙吾の上に乗っているのに気がついた。

「ごっ……ごめん！」

これ、絶対に重い！　慌てて飛び退《しさ》ろうとしたというのに掴まれたままの腕を引かれ、その場に留められる。まだ驚きから抜けきらない彩子の顔を、素早く起き上がった橙吾が覗《のぞ》き込んできた。

「怪我はないか？」

「あ……うん。平気……」

「ならよかった。彩子、そのまま動くなよ」

「えっ、なんで………ひゃあっ！」

急に高くなった視界に思わず悲鳴をあげると、またもやぷっと小さく吹き出す声がする。だが今はそんなことに構っていられない。橙吾が歩き出したせいで身体が揺れる。宙に浮いたままだった手で目の前にある肩に掴まり、運ばれている方向へと振り返った。

「すぐ戻る」

「う、ん……」

遊歩道にいくつか設置されたベンチへ彩子を座らせ、橙吾が今来た道を戻っていく。その後ろ姿が土まみれになっているのに気づき、きゅっと唇を噛《か》みしめた。

橙吾は怪我をしていないだろうか。身を屈め、彩子が吹っ飛ばしたサンダルを手に戻ってくる姿を凝視したが、どこかを痛めている様子はなさそうだと安心した。

「ほら、もう走るなよ」

座る彩子の前に手にしたものをぽんと置き、そのまま膝についた土を払ってくれる。触れられる皮膚から熱が広がっていくように思えて焦ってしまう。彩子は、それが終わるや否や、サンダルへ足を通して立ち上がった。

「橙吾君っ、後ろ向いて」

「お、おう……」

近くで見ると彩子の膝なんかより酷い有様になっている。あまり強くしないよう気をつけながら橙吾の背中の土を払う作業に集中した。

「痛いとこ、ない？」

「あぁ。一応、受け身を取ったからな」

どうやらずっと習ってきたことが生かされたらしい。彩子がよかった、と呟《つぶや》くと橙吾がはぁ……と大きな溜息《ためいき》をついた。

「どうしたの？」

「いや……その、倒れた時に、ちょっとぶつかっちまったから、さ……」

ごにょごにょとなにか言っているがうまく聞き取れない。

ぶつかった？　それは膝のこと？　彩子は橙吾のTシャツの裾にこびりついた土と格闘しながら先ほどの出来事を頭の中でリプレイしていた。

バランスを崩した彩子は危うく柵に頭をぶつけそうになった。それを橙吾が後ろから引っ張って防いでくれたが、引っ張る勢いが強すぎて後ろ側に二人揃《そろ》って倒れ込んだ。

あの時、振り返った彩子の唇にぶつかったのは――――。

感触を思い出した瞬間、頬がぶわっと熱くなる。持ち上げた裾の隙間から橙吾の素肌が見えているのに気づき、思わずぱっと手を離した。

「ごっ……ごめんね！　あの、全然……わざとじゃなくてっ！」

「わかってる。ってか、引っ張った俺が悪かった」

「ううんっ！　あの、その……わ、忘れていいからっ！」

元はといえばくだらないことに腹を立て、制止に耳を貸さずに走った彩子が悪いのだ。うっかりキスしてしまったがこれは事故！　だからノーカウントだと説明するより先に不機嫌な声が割り込んできた。

「別にいいだろ。彩子は俺と結婚するんだから」

「…………え？」

祖父同士は乗り気ではあるものの、結婚するかどうかについては彩子と橙吾の意思に任せると言われていた。

橙吾は彩子を大事にしてくれている。だけどそれはお転婆な幼馴染を心配しているだけ。将来を意識しているのは自分だけだと思っていたのに。

心臓がうるさく騒ぎ立て、息が苦しくなってくる。

「…………そろそろ戻るぞ」

「う、うん……」

彩子に背を向けたまま橙吾が手を差し伸べてくる。後ろから見えている耳が真っ赤なのは朝焼けのせいだろうか。そっと指先を摑むと、さっきよりゆっくりとした足取りで歩き出した。

――――はやく、大人になりたい。

早朝の遊歩道には静かな波音だけが響いていた。

第一章　破られた静寂

『今朝の中継は、あのサミットで一躍有名になった伊勢志摩からお届けします！』

聞こえてきたワードに箸を持つ手が止まる。彩子はお椀《わん》に落としていた視線を上げ、テレビをじっと見つめた。そこには海辺の道を歩きながら、大きな身振りで景観の素晴らしさを伝える女性レポーターの姿がある。

『ご覧いただけますでしょうか？　点在する島の合間から見える朝日と静かな海のコントラストがとても見事なんですよー！』

スタジオにいるアナウンサーやゲストが、オレンジと青が入り交じった景色に感嘆の声を漏らす。彩子もまた朝食を食べる手を止め、テレビに見入っていた。

「…………元気、かな」

唇からぽろりと零れ落ちた言葉ではっと我に返る。意識を現実に引き戻しながら慌てて時計をたしかめると、もう少しで朝の八時になるところだった。よかった、まだ余裕はある。

彩子は味噌汁《みそしる》を飲み干し、残った目玉焼きをぱくりと頬張ってからおもむろに椅子から立ち上がった。

洗った食器を水切りかごに入れてから手を拭き、冷ましていたお弁当に蓋をして巾着袋に入れた。そして洗面所に行って仕事に向かうための身支度をはじめる。

といっても軽く化粧をして髪を結ぶだけなので十分とかからない。ファンデーションを薄く塗り、アイブロウペンシルで眉毛を書き足すだけ。寝不足などで顔色が悪い時はチークと口紅で誤魔化したりするが、今日はこれだけで十分だろう。

真っ直ぐな髪は元々明るめの色をしているから、カラーを入れなくても重く見えないので助かっている。セミロングの髪を手早く後ろで一つにまとめ、お弁当を入れた出勤用のトートバッグを手に、一人暮らしのアパートを出発した。

勤務先である工場までは自転車で三十分。雨の日はバスを使うし帰りは面倒だと思ってしまう時もあるけれど、運動不足の解消だと思えばあまり苦にならない。今日も田園風景の中を颯爽《さっそう》と駆け抜けていった。

頬を撫《な》でていく風の冷たさに「あの日」を思い出したのは、きっと先ほどのテレビ中継を見たからだろう。

あれからもう十七年。無邪気で元気いっぱいだった少女の面影はすっかり消え失せていた。

今の彩子は静かで淡々とした日々を送っている。これが自ら選んだ道で、後悔などしていない。それなのに胸が少し苦しいのは、不意に甘く幸せな記憶が呼び起こされたせいだろう。

立ち並ぶ雑木林の向こうに無機質な四角い建物が見えてきた。思い出に浸るのはやめて現実に戻る時間が来たようだ。

彩子は大きく息を吸い、吐き出すと同時にペダルを踏む足に力を入れた。

「おはようございます」

「あぁ、おはよう」

始業時間の十五分前には出勤するようにしているが、行くとほとんどの社員が揃っているのは入社した時から変わっていない。自分ももっと早く来た方がいいのか、と上司に訊《たず》ねたこともあるが、せっかちな人が多いだけだと笑いながら流されてしまった。

彩子の勤め先である小澤精密《おざわせいみつ》は電子部品を作る会社としては非常に小規模なものの、品質の高さには定評がある。小ロットのオーダーも請け負っているので、製造管理課の片隅にある棚は常に製造依頼書でいっぱいになっていた。

オーダー内容を確認して製造ラインに振り分ける。納期に遅れが出ないように調整するのはなかなか骨が折れるが、彩子はこの仕事にやり甲斐《がい》を感じている。

今日もまた製造計画書と睨《にら》めっこがはじまる。いかに無駄なく、だけど詰め込みすぎずにスケジュールを組んでいくかを考えているうちにあっという間に時間が過ぎていった。

「お先に失礼します」

「お疲れ様」

「三浦さん、気をつけて帰ってね」

打ち合わせが長引いてしまったので、定時を少し過ぎてしまった。今日は特売日だから早く帰ろうと思っていたのに。彩子はいつもよりスピードを上げて最寄りのスーパーに到着し、お目当ての品を買い物かごに放り込んでいった。

今回も無事にお買い得品を手に入れられた。どんな常備菜を作ろうかあれこれ考えを巡らせながら帰宅すると、玄関先に大きな段ボールが置かれている。

「………あ、そうだった」

箱に貼られたラベルに印字されている名前は「三浦育代《いくよ》」となっている。母親から、家庭菜園で沢山野菜が採れたので近々送る、と言われていたっけ。

食材はこちらを先に片付けてしまった方がいいだろう。玄関扉を開け、ぱんぱんに膨れ上がったエコバッグを床に置いてから段ボールを引き入れた。

『もしもし、今帰ってきたの?』

母親が心配性なのは今にはじまったことではない。スーパーで買い物をしてから帰ってきた、と説明したというのに少し不満そうな声が返ってきた。

『でもあまり遅くならないように気をつけなさいよ。ただでさえそのあたりは街灯が少なくて危ないんだから』

「はいはい。わかったって」

そっちよりは明るいよ、という言葉を呑み込んで彩子は軽く受け流す。

「野菜ありがとう。さつまいもが大きくてびっくりしたよ」

『そうなの！　お父さんが色々工夫してね、沢村《さわむら》さんにもお裾分けしたんだけどとっても驚いていたわよ』

現在、両親は九州のとある町に住んでいる。彩子が十六歳の時に東京から移住したのだが、今は隣人から教わった野菜作りに精を出しているようだ。

話を聞く限り、父親は元気にやっているらしい。移住当初はほとんど布団から出られず、たまに縁側でぼんやりと座っていることしかできなかったのがまるで嘘《うそ》のようだ。

祖父が亡くなったのは彩子が十四歳になる直前のことだった。家業である半導体メーカー、ネクサス製作所は父である俊将《としまさ》が遺言に従って社長に就任した。

だが、学者気質の父親は経営に向かなかったらしい。皆の期待に応えるべく奮闘したものの、みるみるうちに業績が悪化していった。なんとか回復させようと打ち立てた策はすべて空振りに終わり、二年と経たずにその座を祖父の腹心に譲ったのだ。

ネクサス製作所の凋落《ちょうらく》ぶりは業界に大きな衝撃を与え、あっという間に信用を失ってしまった。そしてマスコミによって「無能な息子」というレッテルを貼られた父は心を病んでしまい、東京から離れるよう医者からアドバイスされた。

マスコミのターゲットになったのは父だけではない。母や彩子の顔までもがゴシップ誌やネットニュースで公開され、移住した先でも好奇の目に晒《さら》される羽目になったのだ。

二年ほど経ち、ようやく母の実家にほど近い地域で落ち着いた暮らしを送れるようになったが、それまでに四回もの転居を余儀なくされた。そのせいで母もすっかり憔悴《しょうすい》し、経済的にも苦しい生活を送らざるを得なかった。

当時の彩子は通っていた私立の女子校の雰囲気にうんざりしていた。傍《はた》から見れば良家のお嬢様ばかりが通うお上品な学校だが、その実はまったく違う。派閥争いと陰湿な嫌がらせが横行する状況に辟易《へきえき》していた。ただでさえ気詰まりする環境だったというのに、どこにいても白い目で見られるようになってしまった。

そんな最悪の環境から逃れられたという点だけはよかったと思える。

とはいえ、家事全般をお手伝いさんに任せていた生活から一変、なんでも自力でやらなくてはならなくなり、最初は失敗ばかりしていた。何度も挫《くじ》けそうになったが、それでも家族のためだと自分に言い聞かせて耐えた日々も今では懐かしく思える。

高校時代は引っ越しばかりだったので特定の誰かと親しくなることが難しかった。だが、短大に入る頃には彩子達への関心も失せていたお陰で気楽な学校生活を送ることができた。

そんな中で唯一の心残りは――――。

『…………の？』

「えっ、なに？」

ぼんやりしていたせいでうまく聞き取れなかった。それを誤魔化していると捉えたのか、母親が不機嫌そうに言い募る。

『だから！　誰かいい人はいないの？　って訊《き》いたのよ』

「あぁ……」

二十五を過ぎたあたりからちょくちょく言われてはいたが、訊ねてくる頻度が高くなってきているのは絶対に気のせいではない。

彩子はエコバッグを片手で畳みながら「うーん」と唸《うな》った。

「残念ながらいないねぇ……」

『会社には？』

「そんなに大きくないし、同世代は特に少ないんだよ」

社員の大半はあと十年足らずで定年を迎える人で占められている。そして同世代の男性は皆、学生時代から付き合っている相手がいてそのまま結婚していく、と説明するとあからさまにがっかりした声を出されてしまった。

『もういっそ結婚相談所とか……あぁ、あのアプリ？　とかいうのはやめなさいね。危ない人ばかりらしいじゃない』

「……そうとは限らないだろうけど、使わないから安心して」

母は報道されるニュースを鵜呑《うの》みにしているらしい。思わず苦笑いを浮かべてしまった。

『もう、のんびりしてると、あっという間におばあちゃんになっちゃうんだからね！』

「はいはい。まぁ、いい出会いがあったらね」

まだ文句を言い足りなそうだが、真面目に付き合っていると夜中になってしまう。明日も早いから、と告げて半ば強引に通話を終わらせた。

「…………はぁ」

彩子は電池が急激に減ったスマホを充電スタンドに置き、台所へと向かう。話をしたらお腹が減ってしまった。先に夕食を済ませてしまおうと冷凍庫を開ける。

これまでそういった話がなかったわけではない。パートの従業員から是非うちの息子に会ってくれと言われたこともあるし、出入り業者の男性に食事へ誘われたことだってある。

だが、彩子はそれらのお誘いをお礼と共に丁寧に断り続けていた。

結婚をしたくないわけではない。

だけど――どうしてもかつての許嫁と比べてしまい、乗り気になれないのだ。

橙吾がいずれ継ぐことになるのは日本有数の家電メーカー。祖父が亡くなり、社長令嬢ではなくなった彩子が嫁げる相手ではない。

彩子が東京を離れる時、橙吾はアメリカの大学に留学していた。だから直接話をすることなく、手紙を送って別れを告げた。

持っていたスマホは解約したし、メールアドレスも消した。転居先の住所は教えなかったので完全に繋がりが断たれたはずなのに、転々と住まいを変えている時でさえもエアメールが届き本当に驚いた。だが彩子はそれらを開封することなく返送してしまった。

すべては――過ぎたこと。

両親と共に引っ越すと決めた時、彩子は幼い頃から培ってきた橙吾への想いを封印したのだ。

今日はさつまいもと鶏肉の照り煮にしよう。彩子は気を取り直して父の力作をシンクに置いたざるの中に移動させる。

いつもなら料理をしている時は無心になれるはずなのに、なぜか今日はあのオレンジと紫の景色が頭から離れなかった。

◇◆◇

「えー、我が社は十月一日より、CALOR《カロル》グループの傘下に入ることが決定しました」

社長からの唐突すぎる発表にホールの空気がざわりと揺れる。

「えっ、クビになるの⁉」

「マジかよ……CALORグループなんてすげーじゃん」

皆がそれぞれの感想を口にする中、彩子は小さく息を呑んだ。

いくら品質がいいものを作っていても、小ロットのオーダー品は利率が驚くほど低い。辛うじて赤字を免れてはいるものの、小澤精密の経営はずっと低空飛行を続けていた。

油断すれば墜落しそうな地面すれすれの状況を、社長はどう打開するつもりなのか。それに社長もそろそろ古希を迎えるというのに、後継者を決めているような素振りがない。

忙しいけれど平穏な職場環境を気に入っているだけに、彩子は動向が気になっていた。

いずれはどこかの企業と合併するのではと覚悟していた。だけどまさか、その相手がよりによって――加々良家がオーナーの会社だなんて。

小澤社長は額に浮かんだ汗を拭きつつ説明を続ける。

厳密にはCALORの子会社であるヴェインの一部門になる。事業は譲渡するが今の工場兼オフィスが閉鎖されることはない。

グループ傘下に入ることで給与も高くなるし、今よりも福利厚生が充実するのだとメリットをしきりにアピールしていた。

皆の動揺が収まりつつある中、彩子は必死で考えを巡らせていた。

加々良家に関係するものにはできるだけ近付きたくない。でも、この居心地のいい環境を手放すのはどうにも惜しい。

結局はなにも結論が出ないまま、突然の全社員集会はお開きとなった。

「いやぁ……びっくりしたね」

「本当ですよ！　でも『倒産します』じゃなくてよかったぁ」

「正直さ……俺、集められた時にそれを覚悟してたわ」

それぞれの持ち場に戻ってきてはいるが、仕事をしている場合じゃないというのが正直なところだろう。彩子もまた黙々と書類を仕分けしているものの、頭の中はこれからのことでいっぱいだった。

「社長も高齢だし、息子さんは二人とも海外で働いてるじゃないですか」

「まぁね。でも二人とも経営にまったく興味がないって社長が嘆いていたから、後を継がせる気はなかったんじゃないかな」

この手の話題を耳にすると、どうしても胸がぎゅっと締めつけられてしまう。彩子は努めて平静を装いながらまとめた書類に穴を開け、綴《つづ》り紐《ひも》を通す作業に集中していた。

「結局はさ、社名が変わるだけで待遇はよくなるんだろ？　いいこと尽くめじゃないか」

たしかに、と彩子は心の中で同意する。さっきは動揺のあまり逃げることばかりを考えていたが、よくよく考えてみればそこまで過敏になる必要はないように思えてきた。

ＣＡＬＯＲにはグループ企業を含めると従業員が十万人以上いる。その中に「三浦彩子」という名前の社員が紛れ込んでいたとしてもおかしくはない。それに、本社の役員である橙吾がそれを見つけるなんてありえないし、ましてやそれがかつての幼馴染だなんて思わないだろう。

きっとそれ以前に――彩子の存在などどうでもよくなっているに違いない。

連絡を絶ってからもう十年以上の歳月が流れている。彩子の中ではぶっきらぼうだけど優しい「橙吾君」のまま。だが、橙吾からすれば彩子は自分の意思とは関係なく決められた許嫁だった。家柄以外に誇れるもののない娘の存在など忘れているに違いない。

年齢を考えれば、きっと良家の美人令嬢と結婚しているだろう。それが大企業であるCALORの後継ぎに求められることなのだ。

「自意識過剰だったかな……」

「ん？　三浦さん、なんか言った？」

つい心の声が漏れてしまった。彩子は課長に「なんでもありません」と返し、まとめた書類を手に席を立った。

社内には彩子がネクサス製作所の創業者一族だと知る人はいない。世間の関心も高かった騒動だけに、人から注目されることに対してすっかり臆病になってしまった。

だけど、そろそろ過去に囚われるのをやめなくては。これからは家族のために、そして自分のためにも前を向いていこう。

彩子の密かな決意は、ひと月と経たずに崩れ去ることとなった。

◇
◆
◇

ヴェインから業務統合のために人が来る。

社内通達には間違いなくそう書かれていた。

それなのにどうして——彩子が数えきれないくらい通ってきた廊下を「彼」が歩いているのだろう。

今日ほど自分の視力のよさに感謝した日はないかもしれない。すぐ近くにあったトイレへと素早く飛び込み、しっかり閉じた扉に背を預けてから大きく息を吐いた。

最後に「彼」と会ったのは十五歳の時だったと記憶している。アメリカの大学へ進学が決まり、空港まで見送りに行った。

これまでもお互いに勉強が忙しくて顔を合わせる頻度はそう高くなかった。それなのに、太平洋の向こう側に行ってしまったらもっと会えなくなるではないか。第一志望の大学に進学できたのは喜ばしいけれど素直に喜べず、ずっと不貞腐れていた。

当の橙吾は相変わらずで、余裕の笑みを浮かべながら彩子を揶揄ってきた。「一緒に来てもいいぞ？」なんて現実離れにもほどがあることを言っていた気がする。

それに対してなんと答えただろうか。英語が得意じゃないから無理だと返したはず。

あれから十二年。顔を憶えていても、細かな造作は曖昧になっていてもおかしくはない。

だけどほんの僅かな時間、しかも遠目に見ただけでわかってしまったことに自分でも驚いた。

最後に会った時よりもがっしりとした気がする。くっきりとした目元と高く通った鼻筋。そして厚めの唇がバランスよく配置されたその顔には実年齢以上の落ち着きが漂っていた。

一瞬でそこまで目に焼きつけてしまった彩子の方へいくつもの足音と話し声が近付いてくる。思わず息を止め、扉の向こうへと意識を集中させた。

「……ええ、そうです。こちらが詳細な資料になっておりますので、製造ラインと見比べてください」

「わかりました。それで………」

橙吾の隣に小澤社長がいたことに全然気づかなかった。幼馴染の声を久しぶりに耳にした途端、胸が詰まって涙が出てきそうになる。

会話の内容から察するに、一行はこれから製造現場へと向かうのだろう。彩子はまさに今、そこから戻ってきたばかり。あと一分でも出るのが遅れていたら鉢合わせしていたかもしれないと想像しただけで身震いがしてきた。

彩子自身、今の生活にはなんの不満もない。だが、かつての彩子を知っている人物からすれば、すっかりみすぼらしくなった没落令嬢に見えるだろう。橙吾にそんな姿を晒す勇気はないし、ましてや憐《あわ》れまれたりでもしたら耐えられる自信がない。

または、一方的に関係を断つような不義理な人間だと罵られたら……？

会社でだってこれまでひた隠しにしてきたことがすべて無駄になってしまう。

――大丈夫。今日は視察に来ただけ。

橙吾はヴェインの所属ではなく、その親会社であるＣＡＬＯＲの役員だ。きっと吸収合併する会社の様子を見るために顔を出したにすぎないのだろう。

いくら社員数が三百人にも満たないとはいえ、工場が併設されているので敷地はそれなりに広い。とにかく今日だけ、あの集団に近付かなければいい。彩子はもう一度深呼吸をしてから廊下に戻り、自席のある棟に向かった。

「あっ、三浦さん惜しいーっ！」

「……え？」

同じ課に所属するパート従業員、高萩世津子《たかはぎせつこ》が弾んだ声を上げる。何事かと首を傾げると、やけに上機嫌な顔ですすっとこちらへ近付いてきた。

「ほら！　ヴェインの人達が来るって言っていたじゃない？」

「あぁ……そう、ですね」

さっき見かけました、と言いかけてから慌てて言葉を呑み込んだ。

そんな彩子に構わず、世津子は目を輝かせている。

「どうせオジサンばっかりだろうと思っていたら……とんでもない男前がいたのよぉ！」

高校生の子供がいる世津子だが、若いアイドルグループを推しているのは社内でも有名だ。

そんな彼女のお眼鏡にかなう男性はとても珍しい。しかもこんなに手放しで絶賛するのは初めてではないだろうか。

「それは……よかったですね」

世津子が話しているのは間違いなく橙吾のことだろう。幼い頃から見慣れていたせいか、感覚が麻痺しているようだが、改めて元許嫁の見目のよさを思い知らされた気がした。

薄い反応が不満だったのか、世津子が口を尖《とが》らせている。

「んもう！　いくら三浦さんでも、あの人を見たら絶対に格好いいって言うわよ！」

男性にまったく興味を示さない彩子を不思議に思っているのか、世津子には時々探りを入れられている。最近は諦め気味だったのに、橙吾の登場によって再燃するとは皮肉なものだ。

彼がどれだけ格好いいかなら十二分に知っている。

だけどそれを口にするわけにもいかず、結局は曖昧に微笑むことしかできなかった。

「あはははは……」

「はいはい。高萩さん、そろそろ仕事に戻ってね」

どうやって話を逸らそうかと悩んでいたが、タイミングよく課長が助け舟を出してくれた。

納得いかないという顔をしながらも席に戻っていく世津子の背を見送り、彩子もまた山積みになった製造依頼書の仕分けに取りかかる。

――どうかこのまま、何事もなく終わりますように。

彩子は祈るように心の中で呟いた。

◇◆◇

幼馴染とのニアミス事件から三日後、彩子は限界まで書類を綴《と》じたファイルを抱えて廊下を歩いていた。

できれば譲渡の業務には関わりたくないが、拒否するわけにはいかない。足取りがいつになく重くなっているのを自覚しながら、指定された会議室の扉の前に立った。

持ち上げた右手がかすかに震えている。やっぱり別の人に頼んでしまえばよかった。

彩子は深呼吸をして逃げたい気持ちを吐き出し、意を決してノックした。

「失礼します……」

ざっと見た限りでは三十人くらいいるだろうか。社内で二番目に大きい会議室の中はざわめきに満ちている。コの字型に配置されたテーブルのあちこちで打ち合わせをしている様子から察するに、業務別に担当者がそれぞれ説明をしているのだろう。

彩子を呼び出した課長を探すと、部屋の右奥の方から「三浦さん」と呼びかけながら手を上げる人物を見つけた。

――よりによって、あの位置に座っているなんて。

引きつりそうになった頬を慌てて元に戻しつつ、人の陰に隠れるようにして進む。そして課長の左側に立った。

「お待たせしました。去年の一月から三月までの製造依頼書です」

「あ、うん。ありがとう」

課長はほんの少し困惑の表情を見せているが、彩子は構わずファイルを差し出した。

課長の足元に資料の入った段ボールが積まれているので、上半身しかこちらに向けられない。できれば反対側から受け取りたかったのだろう。

普段の彩子ならその程度の気遣いはできる。だが課長の右手に立ってしまうと、部屋の一番奥に座る橙吾から顔が見えてしまう危険があったのだ。心の中で必死に詫《わ》びつつ、気づかないふりをして受け渡しを済ませた。

「綺麗にまとめられていますね。見やすくて助かります」

ヴェインの泰田《やすだ》は彩子よりひと回りほど年上の男性で、口調から穏やかな性格だと察せられる。課長とも相性がよさそうで、和やかな雰囲気で業務説明が行われていた。

「課長、他に必要な資料はありませんか？」

「そうだね、今のところは大丈夫だよ」

「わかりました。なにかありましたらご連絡ください」

彩子は薄く微笑んでから頭を下げ、賑《にぎ》やかな会議室をあとにした。とりあえず気づかれずに済んでほっとしたが、課長の口ぶりから判断するに、また呼ばれる可能性は捨てきれない。

世津子が一昨日と昨日も橙吾を見かけたと騒いでいた。親会社の役員が連日来ているのはなぜだろう。事情を訊ねたい気持ちでいっぱいだが、そんなことをしたら、やっぱり男前は気になるのね！　などと騒ぎかねない。これまで男性には一切の興味を見せない、というよりプライベートをほとんど語らなかった彩子がそんなことをすれば、きっと瞬く間にお節介焼きの面々が身を乗り出してくるだろう。

そんな面倒は避けたいし、もし橙吾に見つかりでもしたら……。

とにかく目立たず騒がず、これまで通りに過ごそう。そう決意したものの、残念ながら現実は彩子に甘くなかった。


「――なるほど、製造ラインの割り振りはそうやって決めていたのですね」

「はい……」

――どうしてこうなったの？

会議室にて先日課長が使っていた椅子に座り、彩子は身を硬くしながら泰田からの質問に答えていた。

本来は課長がするべき説明役が彩子に回ってきた理由。それを一言で表せば「不可抗力」である。課長は二児の父親なのだが、下の子が通う保育園で大流行中の感染性胃腸炎に罹《かか》り、現在ダウンしているのだ。

代わりに部長が対応に当たろうとしたが、現場の業務の説明は難しい。そんなわけで課長が復帰するまでの間、実務をやっている社員、つまりは彩子にお鉢が回ってきたのだ。

やんわりと世津子に振ってみたものの「私、説明下手だから」と逃げられてしまった。

当初の印象通り、担当の泰田は穏やかなのが不幸中の幸いである。それだけでなく理解も早く、質問も的確なので仕事自体は嫌ではなかった。

きっと彼は彩子が落ち着かないのは緊張しているせいだと思っているだろう。だからより一層優しい口調で話してくれるのが申し訳なかった。

緊張している理由は言うまでもなく、同じ空間に元許嫁がいるからだ。

世津子が社内のあちこちから橙吾に関する情報を集めてきてくれた。それによると彼はヴェインの社外取締役を兼任しており、今回の譲渡に関する責任者でもあるという。

つまり、加々良橙吾は――譲渡が完了するまで、この会社に出入りする。

イケメンを毎日拝めるとはしゃぐ世津子を前にして、彩子は絶望が顔に出ないよう精一杯気をつけていた。

「あれ……でも、先ほど説明してくださったルールとは違うものもありますね」

「これは以前の依頼内容を一部修正したものなので、前回担当だった二課にお願いしました。その方がお客様とのやり取りもスムーズになると思いまして……」

たしかにルールに則って案件をさばいていった方が効率は上がるだろう。だが、人と人とがやり取りする上ではこういった気遣いが必要なのだ。

そういえば父は人の機微を読むのが苦手だった。お陰で会社を支えてくれた社員達が離れてしまい、経営者としての才能がないと思い知らされたと語っていたのを不意に思い出す。

もしかするとヴェインではそういった配慮をよしとしないかもしれない。だけど、利益率を上げるために気遣いは無用だと言われたら、実際に製造ラインに立つ社員からの反発は避けられないだろう。

身を硬くしてオーダーシートを見つめる泰田の様子を窺《うかが》った。そこに悪感情は感じられず、ただ思案する顔があった。

「うーん……今後使っていただく生産管理システムには、過去の受注状況をひと目で確認できる画面がないんですよ」

「そう、ですか……」

「追加できるのか確認しますね。あぁ、その場合には打ち合わせに同席いただけますか？」

「は、はい。もちろんです」

まさかそれを許容してくれるだけでなく、使いやすく改修を検討までしてもらえるとは思わなかった。だが、彩子は頷《うなず》いたあとに重要なことに気がついてしまった。

「あの……ですがその、今も営業のシステムで確認していますから、そこまでしていただく必要はないかもしれません」

「うーん、でも非効率ですよね？　大した改修にはならないと思いますので心配しないでください」

「はい、ありがとうございます」

ここまで甘えてしまっていいのか、少し心配になってきた。だがヴェインの担当者がいいと言っているのだからお任せしてしまおう。

ようやく肩の力を抜き、静かに息を吐き出す。微笑みを浮かべた彩子が次の資料を取るべく左を向いた瞬間、びくりと肩を震わせた。

顔を上げたのは完全に無意識の動きだった。いや、もしかすると気づかないうちに意識していたのかもしれない。

彩子が何気なく視線を向けた先で——強い眼差しに捕らえられた。

だがその刹那、橙吾はすっと目を逸らし、目の前で繰り広げられている話し合いへと戻っていく。まるでずっと打ち合わせに集中していたかのような顔で話しはじめ、小澤社長と総務の部長が何度も頷いていた。

「三浦さん、どうかされましたか？」

「いっ、いえ……なんでもありません。えーと、金型製作の依頼フローについてですよね」

今頃になって鼓動が乱れはじめた。ファイルを摑む手が震えているのに気づき、ぐっと力を入れる。気遣わしげな眼差しをした泰田に取り繕うような笑みを向け、テーブルに広げられたフロー図へと必死で意識を集中させる。

その後は決して左側に顔を向けることなく説明を終え、彩子は早々に会議室から退散した。

「…………はぁ」

廊下を歩きながら思わず深い溜息を零す。

遂に――目が合ってしまった。だけど気づかれたとは断言できない。ただ何気なく視線を向けた先にいつもと違う社員が座っている。単にそれが気になっただけかもしれない。

それに橙吾には驚いた様子がなかった。どんな感情を抱いているにせよ、彩子だとわかったらなにかしらの反応があったはず。強い眼差しだと感じたのは気のせいなのかもしれない。

なにせ橙吾と交流を絶ってから十年以上が経っている。ただでさえ平凡な顔立ちをしているのだから、憶えていない方が当然だろう。

――きっと大丈夫。

安堵《あんど》したというのに、彩子の胸をちくりと小さな痛みが貫いていった。

◇◆◇

「明日から、ですか？」

「うん。やっと落ち着いたって連絡があったよ」

課長復帰の報に皆が一斉にほっと胸を撫で下ろした。

当初は数日だと思っていたのだが、下の子から始まった病は父親である課長に感染《うつ》り、次は母親、そして最後に小学校に通う上の子供に回ってしまった。

特に上の子の症状が酷かったようで母親が看病にかかりきりとなり、下の子の面倒をすべて課長がみる必要があったのだ。

子供が病気になるのは避けられないし、そういった場合の休暇制度も充実している。

とはいえ、譲渡の手続きが進められているこの時期に重要な仕事を担う社員が十日間も抜けた。それはなかなかの痛手で、皆の顔には繁忙期以上の疲れが見て取れた。

「特に三浦さんには負担をかけてしまったね」

「いえ……微々たるものです」

一応謙遜したものの、実際は大変だった。書類を渡して説明するだけではない。新しく資料を作る必要もあり、その時間が通常業務に上乗せされていたのだ。

繁忙期以外は定時退社を常としている彩子だが、とても時間内に終わる仕事量ではなく、仕方なしに連日残業する羽目になっていた。

課長が復帰したからといってすぐにお役御免になるわけではない。泰田に説明途中になっている分までは彩子が担当するべきだろう。

長く見積もってもあと三日ほど。それさえ終われば肉体的にも精神的にも楽になるに違いない。

ゴールが見えただけだというのに、沈み気味だった気分が一気に明るくなった。だが、皆のように大っぴらにはしゃぐようなことはしない。彩子は口元に薄い笑みを浮かべると軽く一礼し、自分の席へと戻った。

これでようやく、橙吾の気配から逃れられる。泰田への説明に頑張って集中しているものの、どうしても意識が左側へ向けられてしまうことが頻繁に起こっていた。

我慢はしているが、少しでも気を緩めるとすぐに意識している方へ視線を向けてしまいそうになる。

そしてうっかり見てしまうと――必ず橙吾と目が合うのだ。

真っ直ぐで、そして食い入るようにこちらを見つめる眼差しに毎回息を吞み、我に返って目を逸らしたあとは鼓動が激しく乱れてしまう。それを誤魔化しながら説明するのに難儀していた。

橙吾は彩子を凝視している。気のせいだと流すにはあまりにも頻度が高いというのに、それ以上の動きはまったく見られない。このよくわからない状況をどう捉えるべきか、ずっと悩んでいた。

だがそれも、もうじき終わりを迎える。課長に引き継いでしまいさえすれば会議室に行くことはほとんどなくなり、橙吾の存在を気にする必要もなくなるだろう。

それでいいのだと心の中で何度も頷きながら、苦いものがこみ上げてくるのに気づかないふりをした。

「それでは、本日はこれで失礼いたします」

「はい、ありがとうございました」

説明を終えた彩子が椅子から立ち上がって一礼する。泰田の穏やかな笑みに見送られて会議室を出るとほっと小さく溜息をついた。

今日はなんとか橙吾と目を合わせずに済んだ。残るはあと二日。それさえ乗りきれば平穏な日々が戻ってくる。彩子は来た時とは対照的に軽やかな足取りで廊下を進み、資料室へと向かった。

明日の説明に使う書類はほとんど完成している。あとは参考として過去のデータを添付するだけなのだが、三年以上経過したものは資料室へと仕舞ってあるのだ。

ただでさえ人通りの少ないフロアの端、日当たりの悪い場所に目的の場所がある。ちゃんと照明が点いているのに薄気味悪さを感じてしまうのは、彩子の思い込みだろうか。

「えーと……脚立がいつもの場所にないんだけど」

脚立を探しつつ、気を紛らわすためについ独り言が出てしまった。

ファイルを取り、さっさと脱出するつもりだった。それなのに、よりによって棚の一番上にあるとは。ジャンプしたら取れるかな、と一瞬考えてみたものの、ファイルは重量がある。取り損ねて頭にぶつかったら、と考えると実行に移す勇気は出てこなかった。

「もー、ちゃんと戻しておいてくださーい」

いつも入口の右手に立てかけてあるはずが、随分と奥まった場所に放置されている。誰とも知らぬ前回の使用者に文句を言いつつ運び、彩子はそろりと足をステップに乗せた。

かしゃん、かしゃん、と上るたびにアルミが擦れ合う音が響く。一番上のステップに辿《たど》り着き、左手で書架の端に掴まりながらお目当てのファイルへと右手を伸ばした。

「うわ……お、っも…………」

片手で持つには厳しい重量だが、バランスを崩して落ちるのだけは避けたい。腕をぷるぷるさせながらもなんとか支えきり、彩子は無事に床へと舞い戻った。

最大の難関は乗り越えたが、残念ながらこれで終わりではない。限界まで紙が綴られたファイルを両手で抱え、視線をつい先ほどまで乗っていたものに向ける。

脚立を所定の位置に戻さなくてはいけないが、ファイルを持ったまま運ぶのは腕力的に厳しいだろう。ほんの一瞬だけ「面倒」の二文字が頭をよぎる。

もしかして、奥へ放置した人も同じ状況に陥ったのかもしれない。それなら仕方ない……いや、横着は駄目だ。彩子は誘惑を振り払うと書架の空いている場所にファイルを置いた。

脚立の金具を外して折りたたみ、一旦入口へと向かう。本来あるべき場所に収めてから踵を返し、ファイルを置いた場所に急ぎ足で向かった。

素早く済ませるつもりだったのに、想定外のことが立て続けに起こったせいで手間取ってしまった。ファイルの背表紙に書かれた文字をたしかめ、間違っていないのを確認してから両手でしっかりと抱えた。

扉が開く音がしたのは、彩子が一歩踏み出したのとほぼ同時だった。

——誰？

電気が点いているのだから中に人がいるとわかっているはず。そういった場合は「失礼します」と声をかけるのが社内では通例となっている。

だが、聞こえてくるのは扉が閉まる音、そしてゆっくりと歩む靴音だけ。

ヒールにしては低い音なので、男性の履く革靴だろうか。彩子はファイルを胸の前で抱え込み、息を潜めて靴音のする方へと意識を集中させた。

誰と訊ねるべきかもしれない。だが、たしかめなくても相手が誰なのかはわかっていた。

どうやら彼は右の奥へ行ったようだ。うまく回り込めば遭遇せずに脱出できるかもしれない。彩子は足音を立てないよう気をつけながら移動をはじめた。

なのに——。

「彩子」

背後から名を呼ばれ、びくりと肩を震わせた。

振り返りたくない。だが、ここで避けたとしても彩子に逃げ場など存在しないのだ。ファイルを抱えた手がじわりと汗ばむ。滑り落とさないよう抱え直してから、ゆっくりと身体を反転させた。

がっしりとした体軀《たいく》を包むスーツのシルエットにはまったく歪《ゆが》みがないので、オーダーメイドの超高級品なのだろう。それを一分の隙もなく着こなした男の整った顔には険しい表情が浮かんでいる。

ネクタイの位置を直した左手には腕時計が袖から覗いているだけ。他の装飾品がないことに安堵したその直後――自己嫌悪に陥った。

――私にはもう関係ないことなのに。

かつん、と艶やかな革靴が床を叩《たた》く。一歩、また一歩と近付いてくるのは間違いなく、かつての許嫁である加々良橙吾その人だった。

どうして、という疑問が彩子の頭をよぎる。

これまで何度も目が合っていたのに、橙吾はそれ以上のアクションを起こさなかった。それが今になって接触してきた目的はなんだろう。

緊張が頂点に達した瞬間、伸びてきた手に肩を摑まれた。

「返事くらいしたらどうなんだ」

低く、唸るような声はどれだけ橙吾が不機嫌なのかを伝えてくる。ずっと離れた場所にあった強い眼差しを目の当たりにして、彩子は咄嗟に俯《うつむ》いた。

「あの……た、大変、失礼……しま、した」

かつては結婚を約束した仲だった。だけど今は近い未来の親会社の役員と、吸収される会社の平社員。それだけのはずなのに、肩を摑む力が強くなった。

「随分と他人行儀な話し方をするんだな」

「それは……」

「もう俺は『他人』だとでも言いたいのか」

実際にその通りだ。そう言おうと顔を上げた彩子は小さく息を吞む。どうしてそんなに怒っているのか、まるでわからない。

言葉を失い、眉間に刻まれた皺《しわ》をただ見つめる。視界が橙吾の顔でいっぱいになった。

「残念だったな。まだあの約束は有効のままだ」

「…………っ、どうして、ですか？」

「俺が了承していないからだ」

咄嗟に後ずさったのは、想像だにしていなかった言葉から逃れようと身体が勝手に動いたからだろう。だがそれが橙吾の機嫌をさらに悪化させたらしい。彩子の肩を摑んだ手が引き戻すと同時に横へと導かれ、書架に背中が押しつけられた。

逃げるように引っ越したあとも、橙吾はアメリカから何度も転居先へと手紙を送ってくれた。だが彩子はそれを開封することなくすべて送り返したのだ。

父親の心労を軽くするには、それまでの繋がりをすべて断つしか方法がなかった。特に加々良家の存在は祖父からのプレッシャーを思い起こさせるので、もはや禁忌に近い扱いとなっていた。

それに彩子自身も、将来を約束できない状況で橙吾と交流を続けるなんてできそうになかった。

橙吾だってそれをわかっていたはず。むしろ自由に結婚相手を選べるようになって喜んでいるかもとさえ思っていた。

それなのにまさか、まだ彩子と結婚する気でいたとは――。

結婚の約束を破棄しないのは、尊敬する祖父の願いを叶《かな》えるためだろうか。

もしくはなにか他の目的がある？

そもそも橙吾は彩子に恋愛感情を抱いていたのかすらわからない。だから、彩子が好きで執着しているとはとても思えなかった。

「あ、の…………？」

肩を摑んでいた手が彩子の首の側面を撫で上げ、頬を包んだ。ほとんど力を入れられていないというのになぜか抵抗ができない。

右の親指が薄く開かれた唇をゆっくりとなぞっていく。

「俺の他に、彩子のここに触れた男はいるか？」

「いない、で……す………」

「ならいい。俺の許嫁が他の男に触られるなんて我慢できないからな」

彩子の答えで少しだけ機嫌を持ち直したらしい。口元にほんのりと笑みの気配が乗った。弾力をたしかめるかのようにふにふにと指で唇を押されている。

――やっぱり。プライドが傷つけられたことを怒っているんだ。

まだ驚きの渦から抜けきれない彩子はされるがまま。ただ指先で自分の唇を弄ぶ幼馴染を見つめていた。

ようやく遊ぶのに飽きてくれたのか、唇から温もりが離れていく。やっと解放してもらえるのかと思ったのも束の間、頬を包む手に力が籠められた。

「ん…………っ！」

目の前にあるのは、伏せられた長い睫毛《まつげ》。

そして、指先より柔らかなものが唇に押し当てられている。

――キス、してる。

状況を把握してから理解するまで時間がかかったのは、彩子の中にその可能性が存在していなかったから。

疲れすぎて幻覚を見ているのかもしれないという考えは、わざとらしく立てられた破擦音

によってあっけなくかき消された。

「なん、で……?」

震えた声での問いかけに橙吾が不敵に微笑む。そして、先ほどの感触を刻みつけるかのようにもう一度口付けられた。

「ここに触れていいのは俺だけだ。それを忘れるな」

耳元に寄せられた唇が囁《ささや》く。

「俺のファーストキスを奪った責任は……必ず取ってもらうぞ」

不穏な宣言と共に拘束が解かれる。

書架に背を預け、ずるずると床に座り込んだ彩子を見下ろす眼差しには挑戦的な光が宿っていた。

◇◆◇

とうの昔に終わったと思っていた関係が、まだ続いていた。

橙吾から一方的な宣言を受けてから十日が経ち——廊下を歩きながら彩子は密かに溜息をついた。

「いやぁ、ごめんね。結局手伝ってもらっちゃって」

この台詞《せりふ》をもう何度耳にしただろう。薄い笑みを浮かべ、隣を歩く課長へ「大丈夫です」と返した。

本当はまったく大丈夫ではないが、上司に謝られてしまってはそう言うより他はない。

「失礼します」

「あぁ、お待ちしておりました」

泰田は立ち上がると穏やかに微笑む。彩子は目を軽く伏せたまま会釈をし、扉に一番近い席へと腰掛けた。

これから、ヴェインで使用している生産システムの改修についての話し合いをする。

泰田は非常に優秀らしい。早々に自社へと報告し、要件をヒアリングする手筈《てはず》を整えた。課長さえいれば問題ないと思っていた。だがヴェインから「実際に使っていた人の意見も聞かせてほしい」という依頼があり、彩子までもが呼び出されてしまった。

「えー、では。本日はお集まりいただきありがとうございます」

資料が出席者の手に回ったのを見計らい、泰田がおもむろに切り出す。まずは課長が自分自身と彩子を紹介した。そしてヴェイン側へと移ったのだが……。

「本日は加々良専務にも同席いただき、誠にありがとうございます」

「いや。どうか私のことは気にせず、忌憚《きたん》のない意見を交わしてくれ」

忌憚なく意見を出してほしいのであれば参加しない方がいいのに、などという本音は誰も口にはせず、にこやかな表情を浮かべている。

ここはいつも使っていたような広い会議室ではなく、十人も入ればいっぱいになる部屋。そこに総勢六人が膝を突き合わせているのだから、全員の表情がはっきり見える。

いくら不本意とはいえ、それを表情に出すほど子供ではない。彩子もまた引きつりそうな頬を引き上げ、なんとか笑顔を作った。

「それでは、早速はじめます。まずは小澤精密さんから提供していただいた現況報告をご覧ください」

泰田に促され、皆が資料のページをめくる。彩子も皆に倣って手元に視線を落としたのだが、横顔になにかがちくちくと刺さっているような気がした。

説明の声に耳を傾けながらそちらの方へ目だけを向ける。その先にあるものに思い至るより先に——目が合ってしまった。

橙吾はなにが嬉しいのか、彩子を見つめながら唇の両端をきゅっと吊《つ》り上げている。揶揄いの気配が混じった笑みは、まだ二人が幼かった頃の記憶を不意に思い起こさせた。

慌てて俯いたものの時すでに遅し。鼓動がうるさすぎて周囲の音が聞こえなくなり、必死で追っているはずの文字も頭に入ってこなくなってしまった。

ただでさえ狭い空間で橙吾と一緒にいる状況に落ち着かないというのに、思わせぶりな視線を送ってこないでほしい。

しかも今日はこのあと、二人きりで会う約束をしている。いや――「させられた」という方が正しいだろう。

資料室で遭遇した際、橙吾と連絡先を交換したのだ。無駄な抵抗とは思いつつ仕事中はスマホを持っていないと告げると、番号は知っていると返された時は驚いた。

どうやら橙吾は自分の連絡先を伝えるのが目的だったらしい。手書きの番号が添えられた名刺を作業着の胸ポケットに押し込まれ、今夜電話するので必ず応答するように命じられた。

「三浦さん、なにか補足はありますか？」

「あ、この、画面のレイアウトなのですが……」

事前に伝えたいことをまとめておいて本当によかった。昨日の自分に心から感謝しながら説明を続ける。

彩子は今度こそ意識を集中して淡々とした口調で語る。その間、ここで動揺させられてはたまらないと、決して橙吾の方へ視線を向けることはなかった。

終業から二時間後、彩子の姿は自宅の最寄り駅にあった。

自宅まで迎えに行くと言われたが、それだけは勘弁してほしいとお願いしたのだ。

なにせ相手が相手だ。万が一、知り合いにでも見られたら大変なことになる。

そして、なにより――橙吾には今の住まいを見られたくなかった。

短大を卒業して就職して以来、彩子は一切の援助を受けずに生活している。給料は決していいとは言えないので贅沢《ぜいたく》は厳禁、そうなると必然的に古くて狭い物件になってしまう。

節約できるところは限られているから仕方がないし、一人で暮らすには十分でそれほど不満はない。だけど、都内の高級住宅地で広々とした庭付きの邸という、かつての悠々自適な暮らしを知っている人に見られるのは気まずさがあった。

食事に誘われたのだが、橙吾が行くような店に着ていく服は持っていない。迷惑をかけてしまうからとやんわり断ったものの、気楽な場所にすると押しきられてしまった。

そうは言われても仕事着のままで行くわけにはいかない。だから一度帰宅して身支度を整え、徒歩二十分の駅までの道のりを急いだ。

間に合わないかもしれないと焦ったが、なんとか約束の五分前に到着できた。それなのに、駅前のロータリーにはすでに艶やかな黒の高級車が停まっているではないか。このあたりは住宅しかないので明らかに浮いていて、通りかかる人々は興味深げな視線を投げかけていた。

これは……もしかしなくてもそうだろう。彩子が近付いていくと後部座席の扉が開かれた。

「彩子、お疲れ様」

長身の男が微笑みながらスマートな仕草で降り立った。突如として現れたスーツ姿の美丈夫に道行く人の視線が釘《くぎ》付けになっている。

「お、お待たせ……しました」

「ほら、乗って」

集まっている視線がいよいよ痛くなってきた。急いで逃れようと差し伸べられた手に躊躇《ためら》いなく自分の手を預け、素早く車中の人となった。

「彩子様、ご無沙汰しております」

運転席からかけられた声はどこか聞き覚えがある。ルームミラー越しに声の主の姿を見た瞬間、記憶が鮮やかに蘇《よみがえ》ってきた。

「福場《ふくば》さん……あの、お久しぶりです」

「またお会いできて嬉しいです」

彼は橙吾が幼い頃から身の回りの世話を任されている人物で、加々良の邸を訪問するといつも彩子に美味《おい》しいお菓子をお土産《みやげ》に持たせてくれたのを憶えている。

そんな優しい彼の髪に白いものがちらほら交じっているのに気づき、経過した年月の長さを思い知らされた。

「……お元気そうで、なによりです」

「はい、お陰様で」

なんとか無難な受け答えをすると、福場はにこりと微笑んでくれた。

「驚いたか？」

隣から橙吾がひょいと覗き込んでくる。まるで悪戯《いたずら》が成功した子供のような顔をしているので、彩子を驚かせたかったのだろう。

「う、ん……あっ、はい」

驚きから生まれた油断が口調を昔に戻してしまったらしい。慌てて言い直すと橙吾の眉間が不快そうに寄せられた。

「でも、それは……」

「ここは会社じゃない。昔のように話してくれ」

「彩子」

すっと伸びてきた右手が頤《おとがい》に添えられる。親指で唇を撫でられ、反論を封じられてしまった。

「昔のように、だ」

耳元で言い聞かせられるように告げられ、彩子は無言で頷くことしかできなかった。

そして車で揺られること三十分余り——福場の運転する車が滑らかに停車した。

高速道路を使っていないので、都心からはまだ離れているこの場所が目的地らしい。

車窓から見る限り、高級そうではあるがあまり高い建物ではない。エントランスに横付けできるロータリーも広々としているので、随分と敷地を贅沢に使っているようだ。

「あの、ここは……？」

「俺が今、住んでいるマンションだ」

「えっ⁉　……あっ、そう……だよね」

驚きと納得が同時にやってきたせいで変な受け答えになってしまった。

加々良家の邸は東京都心にある。高級住宅街の一角ながらも広々としていて、小さい頃はよく中庭を駆け回っていたものだ。

てっきりあの場所から通っていると思い込んでいたが、そうなると高速道路を使っても優に片道一時間はかかってしまうだろう。渋滞も考慮すれば、例えば九時のミーティングに参加するには、どんなに遅くとも七時半には出発する必要があるはず。

移動中も仕事ができるとはいえ、多忙な橙吾がそんな非効率なことをしていられないだろう。工場まで三十分以内に移動できる場所に仮の住まいを構えるのは当然だといえた。

しかし、「まだ許嫁だ」と言われたものの、それを鵜《う》呑《の》みにはできない。だから自宅にお邪魔するのはどうなのだろう。彩子の躊躇いが顔に出ていたのか、橙吾がくすりと小さく笑った。

「部屋に行くのは、ちょっと……遠慮するよ」

「安心してくれ。ここの一階にあるビストロへ行くだけだ」

「あっ……お店があるんだね」

彩子がほっと小さく息を吐くと、車を降りる時に預けていた手がくいっと引かれた。

「もちろん、食べ終わったら泊まっていってもいいんだぞ？」

「結構です！」

　潜められた声がやけに色っぽくて、彩子は瞬時に身構えた。それがどういう意味なのかを知らないほど初心《うぶ》ではない。警戒心を剝き出しにしたまま見上げても、橙吾は悠然と微笑んでいるだけだった。

「まぁ、もし帰るのが億劫《おっくう》になったら遠慮なく言ってくれ」

「大丈夫だもん」

「そうか、残念だ」

　残念とは言ったものの、口ぶりはあまり残念そうに聞こえない。もしかして信じていないのだろうか。たしかに疲れてはいるが絶対に誘いには乗らない！　と密かに決意し、木製の可愛らしい看板の掲げられた店内へと足を踏み入れた。

「加々良様、お待ちしておりました」

　早くも常連になっているのか、カウンターの前で待機していたウェイターが上品な微笑みと共に出迎えてくれた。

「こちらでございます」

　さりげなく店内を見渡すとさすがは金曜の夜、ほとんどのテーブルが埋まっている。だが、テーブルの間隔が十分に取られているので窮屈さは感じられなかった。

　しかし、カジュアルビストロと銘打ってはいるが、橙吾が滞在するような高級マンションのテナントなので誰もがお洒落《しゃれ》な装いをしている。

そんな中でも橙吾の姿はひときわ目を引いている。がっしりとした逞《たくま》しい体格とやや厳つい顔立ちをしているが、所作が上品なので粗暴さはまったく感じられない。横を通ったテーブルからは会話が消え、こちらを目で追っているのが嫌でもわかってしまう。

一方の彩子はネイビーブルーのシャツワンピース。そんな人物の連れが地味な恰好《かっこう》をしているのが申し訳ない。彩子は早くも誘いに乗ってしまったことを後悔しはじめていた。

「どうかしたか？」

注目されることに慣れているのだろう。橙吾は四方八方から突き刺さる視線を気にした様子はない。軽く俯いたまま歩く彩子の手を引き寄せるなり、腰に手を回してきた。

「お腹すいたよな。もう少しの辛抱だ」

「ちょっ……橙吾、くん…………っ」

人前であからさまに抵抗するわけにもいかず、彼にだけ聞こえる音量で抗議する。だが、当然ながらその程度で橙吾が引き下がるはずがない。遂には身体の側面がぴたりとくっつけられたまま歩く羽目になった。

宣戦布告のような関係継続宣言はされているが、まだ彩子はそれを受け入れられずにいる。

そもそも橙吾がここまで自分に執着する理由がわからない。仮に橙吾が彩子と本気で結婚すると主張してもＣＡＬＯＲの跡継ぎという立場がそれを許さないだろう。

これは橙吾個人で決められる問題ではない。断りきれずに誘いに乗ってしまったけれど、適切な距離を保っておかないと泣きを見るのは彩子の方だ。

橙吾がわざとらしく恋人のような扱いをするのは、もしかして彩子が離れようとしていることに気づいているからなのかもしれない。

「こちらのお席でございます」

「あぁ、ありがとう」

店内に個室はないものの、窓側はサンルームのような造りになっている。テーブルの脇に木製の衝立があるので人目を気にしなくて済むのは有難かった。

ようやく公開処刑から解放された彩子は椅子に座り、テーブルの向こう側にある端整な顔をじろりと睨みつけた。

「人前でああいうこと、しないでほしいんだけど」

「悪い。彩子が逃げそうな気がしたから、勝手に手が動いたんだ」

「そんなこと……しないよ」

どうして気づかれたのだろう。たしかに店内を横切っている時は逃げ出したい気持ちでいっぱいだった。だが、そんなことをすれば橙吾の面目は丸潰れになるだろう。

勤め先にとっての最重要人物に恥をかかせるわけにはいかないと自分に言い聞かせながら耐えていたのに、まさか腰を抱かれるとは思わなかった。

「彩子、ワインは飲めるか？」

「うーん……実は、あんまり得意じゃないんだ」

「そうか。じゃあ好きなものを選んでくれ」

ドリンクメニューを受け取った彩子は下の隅にあるソフトドリンクの欄を眺め、クランベリージュースを頼む。橙吾は僅かに逡巡《しゅんじゅん》したあと、生ビールをオーダーした。

「悪い、アルコールは苦手だったか？」

「まったく飲めないわけじゃないんだけど、すぐに頭が痛くなっちゃう」

学生の頃に何度かチャレンジして酷い目に遭って以来、お酒を口にするのは避けている。どうしても必要な時だけは乾杯の一口だけに留めるようにしていた。

「なるほど。綜二郎さんの体質を受け継いだのかもな」

「そう、だね……」

彩子の祖父も酒に弱く、そのくせ飲みたがるのでいつも周りが止めていたのを思い出す。旅行中は朝食の席でぐったりしているので、橙吾の祖父、仁之介が「お前は本当に学習しないな」と呆れていたっけ。

あの時はどうして祖父はそんなにお酒を飲みたがるのか、正直よくわからなかった。だけど今は少しだけ気持ちが理解できる。当時の彩子が禁じられていたように、お酒は「大人」の象徴ともいえる。だからそれが飲めないのが少し悔しいと思えてしまうのだ。

とはいえ、彩子は悔しさと頭痛を天秤《てんびん》にかけ、飲まない方を選択したのだが。

不意に懐かしい思い出が蘇り、おしぼりで手を拭きながら唇を綻ばせる。ふと顔を上げると橙吾がじっとこちらを見つめていた。

「会社での付き合いはどうしているんだ？」

「乾杯だけは飲むようにしてるよ。それくらいなら大丈夫だから」

小澤精密では新年会や年末の納会だけでなく、花見や納涼を目的とした催しもある。地元の店から配達される大きな桶《おけ》に詰められた寿司や揚げ物といったオードブル、そして若者のためにどっさりとピザまで用意してくれるので毎回大好評なのだ。

あまり大勢の人が集まる場に行きたくはない。だが、食費を浮かせる絶好のチャンスだと割りきって参加していた。

頼んだ飲み物が届けられ、乾杯をしてから喉を潤す。このクランベリージュースは甘さが控えめで食事に合いそうだ。続いてオードブルの盛り合わせが届いたので早速スライスしたチーズと生ハムが乗ったクラッカーを手に取った。

「でも、会社が変わるでしょ？　ああいうイベントもなくさなきゃいけなくなるよね」

「どうだろう。福利厚生費の予算次第だが、まったくゼロにはならないと思うけどな」

「本当？　それならよかった。あ、でも社長の誕生日会はなくなっちゃうよね」

「……そんなものがあったのか」

グラスを手にした橙吾もまさかのイベントに面食らっている。彩子はぷっと小さく吹き出してから補足した。

「本当は創立記念日なんだけどね。社長が自分の誕生日に創業したから、みんなそう呼んでるんだよ」

元々は社員の間で密かに広まっていた呼び名だが、ある日うっかりそれを本人の前で口にした人がいた。だが社長は怒るどころか「言われてみればそうなるな」と大笑いしたらしい。

彩子が入社するより前の出来事だが、創立記念のパーティーで社長が必ず自分の誕生日だと挨拶の時に話をするので、あながち嘘ではないと思っている。

「なんというか、小澤社長らしいな」

「うん。ちょっと天然さんな感じがするよね」

彩子は小さく笑ってからローズマリー風味のロティサリーチキンを切り分け、ぱくりと頬張る。皮がパリパリなのに中はジューシーで、しかも歯ごたえがある。付け合わせの野菜も焼かれているせいでとても味が濃く感じた。

適度な賑わいと美味しい料理のせいだろうか、なんだか頭がふわふわしてくる。昔と同じ口調で話すことに抵抗があったが、今はすんなりと口から言葉が出てくるようになった。

お酒に酔うというのはこんな感じなのかもしれない、と思いながら彩子はとりとめのない話を続けた。

「はぁ、美味しかった」

「追加でティラミスを頼もうか？」

「うう……お腹いっぱいになっちゃった」

デザートに迷っていると、ウェイターが盛り合わせにしてくれた。その中でもティラミスを気に入ったのを見抜かれていたらしい。非常に魅力的な提案ではあったが、今は美味しく食べられないだろう。

「それなら、次のお楽しみにするか」

「……う、ん」

――「次」があるんだ。

勢いに押されて頷いてしまったが、同意してよかったのだろうか。そんな彩子の葛藤に気づいた様子もなく、橙吾は満足げに頷くと席を立った。

店を出てエントランスへ戻ると、笑顔の福場が車の横に控えていた。送ってくれるのだろうが、なんだか申し訳なくて、自宅までではなく最寄りの駅で降ろしてもらおうと考えつつ、隣にいる橙吾へと向き直った。

「今日はありがとう。ご馳走様《ちそうさま》でした」

いくら幼馴染とはいえ、礼儀を欠いてはいけない。彩子が真面目にお礼を伝えると、視線の先にあるくっきりとした目が柔らかく細められた。

甘さをたっぷり含んだ眼差しに心臓が大きく跳ねる。咄嗟に目を逸らすと、下ろした髪をそっと撫でられた。

「いや、俺も久しぶりにゆっくり話ができて嬉しかった」

彩子もまた、こんなに喋《しゃべ》ったのは本当に久しぶりだ。頬の筋肉が疲れている気がする。

「それじゃ……」

明日は頬が筋肉痛かもしれない。彩子が開かれたドアから車の後部座席に身体を滑り込ませると、なぜか続いてがっしりとした体躯の男までもが続いて乗ってくるではないか。

「えっ……と、一人で大丈夫、だよ？」

大企業の専務である橙吾の時間は貴重だ。ただの工場勤務の平社員を送るためだけに浪費させるわけにはいかない。彩子の主張は至極まっとうなはず。だが、なぜか橙吾はむっとした表情を浮かべた。

「大丈夫じゃないだろ。何時だと思ってるんだ」

「でも、悪いよ」

まだ話が終わっていないというのに扉が閉められ、車が発進する。ロータリーを抜けて幹線道路に合流すると、橙吾が諦めろと言わんばかりの笑みを浮かべた。

「せっかく帰ってきたのに、いいの？」

「もちろん。大事な許嫁を一人で帰らせるわけにはいかないからな」

わざとらしく彩子の立場を強調されて言葉が見つからない。だから彩子は「ありがとう」と返すしかなかった。

「眠くなったら我慢しなくていいぞ」

「ん……」

ぽつりぽつりと言葉を交わしているものの、徐々に瞼《まぶた》が重くなりつつあったのをしっかり気づかれていたらしい。

なにせ疲れが溜まっている上に美味しい料理でお腹がいっぱい。それに心地よい車の揺れが合わさると眠気に抗うのは至難の業だ。彩子は返事をするより早く目を閉じ、腕を引かれるがままに隣へと身を預けた。

少しうとうとしていただけかと思いきや、柔らかな声で目覚めると窓の外は見慣れた光景だった。状況を理解できずしばし眺めていると、後頭部をすうっと撫でられた。

「歩けるか?」

「う、ん」

橙吾に手を引かれて車外へ降り立つと、夜のひんやりした空気が纏《まと》わりついていた眠気を払ってくれる。

「ごめんね、しっかり寝ちゃってたみたい」

「気にするな。ほら、行くぞ」

どうして今、橙吾と手を繋いだまま自宅に向かっているのだろう。もしかするとまだ夢の中にいるのかもしれない。ついさっきまで深く眠っていた頭であれこれ考えているうちに目的の建物の前に到着してしまった。

せっかく駅で待ち合わせたというのに、結局はこの古びたアパートを見られてしまった。かつて住んでいた邸とは似ても似つかないというのに、その点に言及しない気遣いが嬉しかった。

「オートロックでもないし、道路からドアが丸見えだな」

「でも、このあたりではお得な物件なんだよ？」

もっと勤め先に近い場所にすれば家賃が安くなるが、その分駅から遠ざかってしまう。車を持っていない彩子が住む場所としてギリギリ許容範囲内で、なんとか探し出した部屋はそれなりに気に入っている。

セキュリティが……などと橙吾は文句を言っているが、五分ほど歩けば派出所があるので治安はそんなに悪くない。説明してもまだ不満そうな橙吾の手をそっと振りほどいた。

「部屋について鍵を掛けたら、ちゃんと報告しろよ」

「えー……面倒くさいよ」

「約束できないなら連れて帰るぞ」

一度は離れたはずの手を再び握られ、彩子は渋々といった様子で頷く。ちゃんとＯＫしたのにどうして解放してもらえないのだろう。くいっと引っ張ってみると、橙吾は名残惜しそうに放してくれた。

「……おやすみ」

「うん、おやすみなさい」

頭上の闇が濃くなり、見上げた拍子に額へと柔らかなものが押し当てられる。その正体に気づくより先に回れ右をさせられ、背中を軽く押された勢いのままにアパートの階段を上っていった。

最上階の三階に到達すると廊下を進む。鞄《かばん》から鍵を取り出し、彩子は扉を開けた。振り返って階下の橙吾に手を振ると、右手を上げて応えてくれる。

扉が完全に閉じられる瞬間まで、こちらを見上げる眼差しが外されることはなかった。

しっかり施錠してから言われた通りに「鍵を掛けたよ」とメッセージを送る。

すぐさま既読になり「わかった。おやすみ」と返ってきたのを見て、思わずふっと笑みを零してしまった。橙吾の心配性は相変わらずのようだ。

部屋を出た時は憂鬱で仕方なかったというのに、今は胸の中に温かなものが灯っている。

これはきっと、かつての優しい思い出に触れたせいだろう。

第二章　御曹司の包囲網

「そういえば、どうして就職先に小澤精密を選んだんだ？」

「んー……」

彩子は手にしていたグラスをテーブルに戻す。中の氷が揺れる涼やかな音を聞きながらしばし思案した。

「住んでいたあたりでは短大を出ても正社員の求人ってすごく少ないの。だから上京するしかなかったんだ」

「なるほどな」

他にも理由はあったものの橙吾の前で口にするのは躊躇われる。フォークを手に取り、残しておいた牡蠣《かき》の香草焼きを口に運ぶとじっくり味わった。

これを食べるのは今日で二回目。前回、あまりの美味しさに無言になったのをちゃんと憶えていたようで、なにも言っていないのに注文してくれた。

橙吾と二人きりで会うのも四回目となれば、当初の気まずさはほとんどなくなっている。

かといって昔のようにまったく遠慮なしというわけでもない。一人の男性と接する適度な緊張と適度な気楽さに包まれた夕食の席で、彩子は自然と笑みを浮かべていた。

「同じ仕事内容でも、もっと都心にある企業は考えなかったのか？」

「内定がもらえなかったんですー」

ぶうっと膨れながら悲しい事実を告げると、橙吾は一瞬目を見開いてから「悪い」と呟いた。

橙吾は世間でいう「就職活動」をしていないはず。だからそれがいかに過酷かを知らないのは無理もないだろう。彩子はくすりと笑ってからブラッドオレンジジュースを飲んだ。

彩子が短大時代にいた地域では「女の幸せは結婚だ」という思想が根強く残っている。そのせいか女性の求人は非正規雇用ばかりなのだ。

実家が裕福なのであればそれで問題ないのだろう。だが、彩子は辛うじて学費は出してもらっていたものの、お小遣いはアルバイトで捻出しなければならない経済状況だった。だから正社員の職を求め、地元から離れた土地で働く道を選んだのだ。

そんな理由で東京に戻ってきたのだが、実は橙吾に半分だけ嘘をついた。

東京の中心部に近い企業からもいくつか採用内定の通知をもらったが、最も希望に合ったのが小澤精密だったのだ。

東京には働き口が多いがその反面、かつての彩子を知る人物と遭遇する危険がある。だから都心から電車で一時間以上かかる場所を選んだ。

この場所なら過去を気にすることなく暮らせると信じて疑っていなかった。それがまさか橙吾に見つかってしまうとは、運命とは実に皮肉なものだ。

彩子が内心で苦笑いしていると、橙吾がなにかを思い出したような表情を浮かべた。

「そういえば、彩子の小さい頃の写真が沢山見つかったぞ」

「えっ、どうして⁉」

聞けば橙吾の祖父が撮っていたものらしい。一歳に満たない頃のものまであると言われ、思わず身を乗り出した。

東京から引っ越す際、大量にあったアルバムはほとんど処分してしまった。新居はスペースに余裕がなかったし、過去を思い起こさせるものを父から遠ざける必要があったからだ。

これまでの生活を捨てる覚悟はしたものの、まさか思い出まで手放さなければいけないとは思わなかった。だが、そんなことを言える状況ではなく、彩子は泣く泣く置き去りにしてきた。

もう二度と目にすることはないと諦めていたのに。胸の高鳴りを覚えながらもおずおずと訊ねた。

「それ、見せてもらうことってできる？」

「もちろん。こっちに持って来させてあるけど、今から見に来るか？」

「うん！　……あっ、でも、急には迷惑だよね」

「まさか、俺が誘ったんだから気にしなくていい」

部屋には行かない！　と宣言していたのに、懐かしさのあまりあっさりと覆してしまった。

慌てて遠慮してみたものの時すでに遅し、橙吾はさっさとウェイターへ退店すると告げてしまった。

「デザートはお部屋にお届けいたします」

「頼む。彩子、行こうか」

「う…………ん」

善は急げと言わんばかりに、店を出るといつもとは反対の方向へと案内される。大きなガラスの自動ドアを抜けると、広々としたロビーの片隅にあるカウンターの内側に立つ男性が一礼した。

「加々良様、お帰りなさいませ」

「あぁ」

橙吾は機嫌よさそうに返事をすると奥へと向かっていく。そのすぐ後ろを歩く彩子を不審に思わないか心配したがそれは杞憂《きゆう》だったらしい。にこやかに見送ってくれた。

「このマンションって何戸入っているの？」

エレベーターに乗り込むと、ここが十階建てだとわかる。敷地も広いのでフロアあたり五戸くらいだろうかと予想しながら訊ねると、予想外の答えが返ってきた。

「二十、だったかな」

「えっ⁉」

つまり、単純に考えるとワンフロアに二戸という配置になる。一体どれだけの広さなのかと絶句しているうちに押されていた九階のボタンがふっと消えた。

降りた先は広めのホールになっていて、それを挟んで左右に扉が配置されている。向かって左手にあるのが橙吾の部屋らしい。スーツの胸ポケットから取り出したカードでロックを解除した。

「ほら、おいで」

差し伸べられた手を眺め、彩子は僅かに躊躇いを見せる。だが、ここまで来て引き返すのはさすがに失礼だろう。それに、一方的に関係の継続を宣言されてはいるものの、彩子の戸惑いが伝わっているのか、橙吾が強引に迫ってくるようなことはなかった。

――写真を見せてもらったらすぐに帰るから、大丈夫だよね。

そう自分に言い聞かせると大きな手に同じものを重ね、部屋の中へと誘《いざな》われた。

玄関だけで彩子の住むアパートの浴室くらいの広さがありそうだ。靴を脱ぎ、スリッパに履き替えて広々とした廊下を進むと、右手にあるリビングへと案内される。

「なんか……シンプル？　だね」

そこは天井が高く、落ち着いた空間ではあるものの、家具の類が必要最低限しか配置されていないせいで少し殺風景な印象を受けた。

「まぁ、ここは仮住まいだからな」

「そうだよね。週末は実家に帰ってるの？」

「状況によるかな。ここにいる方が仕事が捗るから、最近はどうしても必要な時だけにしている」

リモートワーク環境も整っているので、赴かねばならない頻度はぐっと下がっているらしい。彩子はその説明に一度は納得したものの、ふと疑問が湧いてきた。

——それなら、こっちに来なくてもよかったんじゃないの？

いくらヴェインの社外取締役とはいえ、橙吾はＣＡＬＯＲの人間だ。わざわざマンションを借りてまでこちらに滞在する必要があったのだろうか。

グループ内で小澤精密の事業譲渡はさほど重要な業務ではないはず。

だとしたら——。

不意に湧き上がってきた歓喜を慌てて胸の奥に押し込め、柔らかなソファーに腰を下ろした。

「これ、好きに見ていてくれ」

「ありがとう」

テーブルには分厚いアルバムが三冊積まれている。彩子が一番上のものを持ち上げると同時にチャイムが鳴った。おそらく頼んでおいたものが届けられたのだろう。橙吾が応対に向かっていった。

「わ……ちっちゃいなぁ………」

お宮参りのあとだろうか。祖父の綜二郎が満面の笑みを浮かべて赤ん坊の彩子を抱いている。この頃にはもう橙吾の祖父が会いに来てくれていたなんて初めて知った。

そういえば、朱色に蝶《ちょう》と菊、そして毬《まり》が刺繍《ししゅう》された祝い着は三浦家に代々受け継がれているものだと聞いた。

これは今、どこにあるのだろう。もしかすると引っ越しのどさくさに紛れて処分してしまったかもしれない。そう思った途端、胸がぎゅっと締めつけられた。

「懐かしいだろ？」

橙吾がトレイを手に戻ってきた。デザートだけかと思いきや、テーブルにはふわふわの白い泡に満たされたカプチーノまでもが用意されている。そしてその隣には橙吾用のエスプレッソの小さなカップが並べられた。

「うん。でも、まだこの頃って橙吾君とは会ってなかったよね？」

「そうだな。彩子が一歳になった時、お祝いを持って行ったのが初めてだった」

ページを繰っていくと後ろの方にその写真が見つかった。一歳になったばかりの彩子の顔を目のぱっちりした可愛らしい男の子が覗き込んでいる。

「あぁ、この時のことは今でも憶えてるな」

「私、なにかしちゃったの？」

当然ながら彩子はまったく記憶がないが、当時の橙吾は四歳。印象深い出来事であれば記憶に残っていても不思議ではないだろう。含みを持たせた笑みを目にした瞬間、嫌な予感がしてきた。

「彩子が俺の手を摑んだまま離さなくなったんだ」

「えっ……」

「最後は彩子のお母さんが解いてくれたんだけど、そうしたら大泣きして宥《なだ》めるのに必死だったな」

言われてみれば、そんな話を祖父から聞かされたことがあった気がする。

もしかすると、この一件がきっかけで結婚話が持ち上がった……？　まさかとは思いつつ、祖父は孫娘を溺愛していただけに、その可能性は捨てきれなかった。

「ご、ごめんね。痛かったんじゃない？　赤ちゃんって握る力が強いから」

「たしかに、こんな小さな手なのにすごいなって驚いた気がする。でも彩子に気に入ってもらえたことが嬉しくて、痛かったかどうかは憶えてないな」

思わぬ発言に飲んだばかりのカプチーノを危うく噴き出すところだった。

「………へっ、変なこと言わないでよっ！」

「俺は事実を言ったまでだが？」

「もうっ、騙《だま》されないんだから！」

四歳児がそんなことを考えているなんておかしい。隙あらば揶揄ってくるのは相変わらずだ。だが、それを腹立たしいと思う一方で懐かしさを感じてしまうあたり、彩子もこのやりとりに馴染んでしまっているのだろう。

むくれたままベリーソースのかかったパンナコッタを食べ、二冊目のアルバムへと手を伸ばした。

「これって、橙吾君が七五三の時？」

「ん？　……あぁ、そうだな」

大きな鳥居の前で袴姿《はかますがた》の橙吾と彩子が手を繋いでいる。この写真は初めて見る。二歳になっても相変わらずだったのか、次の写真では藍色の袴を小さな手がしっかりと握りしめていた。

しがみついてくる彩子を見下ろす橙吾が笑っているのが救いだが、これだけ付き纏われてはさぞかし迷惑だったに違いない。

――私、どれだけ橙吾君が好きだったの⁉

もちろんこの時のことも記憶にはないが、しっかり証拠が残っていては否定できない。彩子は段々と顔が熱くなってくるのを自覚しつつ、次のページへと進んだ。

「欲しい写真はあるか？　コピーしてやるよ」

「えっ、本当？　嬉しい」

これが欲しい、あぁこっちもいいな……と吟味していると橙吾が小さな付箋を持ってきてくれた。

「写真に付けておいてくれ」

「ありがとう」

遠慮はいらない、と言われ、彩子は一冊目から気に入った写真に片っ端から黄色い付箋を貼っていった。

「あ、このあたりからは私も憶えてるよ」

橙吾が七歳になった時、加々良の邸へお祝いに行って一緒にケーキを食べたっけ。たしかあの時、初めて砂糖菓子でできたお花を見て可愛い！　欲しい！　と大騒ぎした記憶があった。

写真の中の彩子はソファーに座る橙吾の膝を占領し、満面の笑みを浮かべてチョコレートでできたバースデープレートに齧りついている。

本来であれば主役が食べるべき部分なのに、きっとこれも欲しいと駄々をこねたのだろう。いくら小さいとはいえ、随分と我儘《わがまま》な子供だと密かに苦笑いをした。

「あれ？　この人、誰だったっけ……」

「ん？　どれだ？」

次のページにあるパーティーの一場面と思しき写真を指差すと、橙吾がぐっと身を乗り出してきた。不意に近くなった距離に心臓がどくんと大きな音を立てる。

「あぁ、大叔父の浩三《こうぞう》さんじゃないか？」

「そっ……そっか！　なんか、見たことある人だなーと思って………」

今にも頬同士が触れてしまいそうな場所で告げられ、声がひっくり返りそうになる。すぐ傍に橙吾の体温を感じるせいで、落ち着こうとどんなに頑張っても鼓動は激しくなっていく一方だった。

アルバムを覗き込んだ姿勢のまま、橙吾がこちらを向いたのが気配で伝わってくる。とてもそちらを見る勇気はないが、きっと顔が赤くなっているのはバレバレだろう。誤魔化す理由を必死で考える彩子の耳に柔らかなものが押し当てられた。

「きゃっ！」

「驚きすぎだろ」

跳ねた身体に逞しい腕が巻き付き、軽々と持ち上げられる。

そして、着地した場所は――。

「ちょ、ちょっと……なにしてるのっ⁉」

「あんまり暴れると落ちるぞ」

人の膝に乗るなんてもう二十年以上していないし、これから先もしないと思っていた。それがなぜ、この年になって橙吾に抱えられているのか。大急ぎで下りようと身を捩《よじ》ったが、腰に回された腕によって阻まれてしまった。

「この方が一緒に見やすいだろ」

「それは、そうだけど……」

橙吾の言い分はもっともだ。だけどそういう問題ではない。反論したいのに言葉が見つからず、彩子は早々に白旗を揚げた。

今はとにかくアルバムに集中しよう。すべてに目を通して付箋を貼り終えれば、この恥ずかしい体勢から解放してもらえるはず。

これは温かくて弾力のあるソファーだと思うことにして、彩子は手にしたアルバムのページを繰った。

「あぁ、これはCALOR《うち》の創立記念パーティーだな」

「そう……だね。これは、憶えてるよ」

右の肩越しに橙吾が覗き込んでいる。懐かしさを滲《にじ》ませた声は右耳だけでなく、触れている背中や腰からも伝わってくるせいで、写真を見ているのにまったく頭に入ってこなかった。

伝わってくるのは声だけではない。橙吾の体温やがっしりとした体躯を包む筋肉の感触、そしていつもは微かに感じるだけの爽やかな香りがより濃く感じられた。

なんとかソファーだと思い込もうとしたものの、やはり無理があったようだ。このままではアルバムを見終わるより先に羞恥で爆発してしまうかもしれない。せめて背中だけでも離そうと前屈みになろうとしたものの、お腹に巻き付いた腕がそれを阻んだ。

「……彩子」

少しでも距離を取ろうと奮闘していると、逆にこれまで緩く囲っているだけだった腕に力が入り、背中が逞しい胸にぴたりと密着する。

「あんまり動くな。落ちるぞ」

「ご、めん……」

デザートを運んできた時、橙吾は「暑いな」と言ってジャケットを脱ぎ、ネクタイを外していた。お陰で二人を隔てる生地は薄いものだけになっているので、筋肉の凹凸までもが感じられてしまう。それに気づいた途端、全身にぶわっと熱が回っていった。

「ここの写真はコピーしなくていいのか？」

「えっと……う、ん」

鼓動が徐々に激しくなり、耳元で響く声さえうまく聞き取れない。なんとか拾えた音と雰囲気から問われた内容を導き出すと、もっとも無難と思われる返事をした。

半ば賭けのようなものだったが、幸いにも正解だったらしい。腰に巻き付いていた右腕が離れ、アルバムのページを繰った。

だが、まだ油断はできない。右腕からは解放されたものの左腕は未だに彩子をしっかりと抱えたまま。むしろ一本に減ったことで力が強くなったのは絶対に気のせいではない。

落ち着くどころか乱れる一方の鼓動をどうしたらいいのだろう。焦れば焦るほど動揺が激しくなっていった。

「はぁ……ほんと、堪んないな」

「えっ？　ひゃうっ！」

今度はなんと言ったのかまったく聞こえなかった。反射的に聞き返したものの、もう一度告げられることはなく、右耳にかぷりと歯を立てられる。

驚きで揺れた手からアルバムが膝から滑り落ちた。だがそれは絨毯《じゅうたん》に着地することなく橙吾に受け止められ、ソファーの傍らへと退避される。慌てて伸ばした手は届く前に大きな手に捕らえられてしまった。

「さっきの写真を見て同じことをしてみたかったんだが……こんなに可愛い反応をしてくれるなんてな」

「なんっ……の、こと……？」

「首まで真っ赤だぞ」

「うそっ…………や、んん……っ」

首筋に柔らかなものを押しつけられ、声と身体が跳ねる。だが、腰をしっかり抱かれていたお陰で転げ落ちずに済んだ。

「橙吾、くん、も……っ、おろ、し……てっ！」

「嫌だ」

途切れ途切れの懇願を一刀両断した橙吾は、捲《まく》れたスカートから覗く膝小僧をするりと撫でた。ただ触れるのではなく、掌全体で包み込んでからやわやわと揉《も》みしだかれ、大袈裟《おおげさ》なほど反応してしまう。

「今日は一段と可愛い恰好だな。もしかして俺に会うために用意してくれたのか？」

「ちっ、がう……！」

咄嗟に否定してしまったが、橙吾の指摘は図星だった。

これまでは手持ちの服で凌《しの》いでいたものの、そもそも数が少ないので着回すにしても限界がある。だから先週末に近くのターミナル駅まで赴き、お出かけに使えそうな服を何着か買ってきたのだ。

これまでずっと節約を心がけてきた彩子にとって、滅多に着ない服をいくつも買うのは浪費以外のなにものでもない。だが、久しぶりにあれこれ選ぶのが楽しかったのも事実だった。

「それは残念だな。でも、すごく似合ってる」

「そんなと、こ……さわっちゃ…………んんん……っ」

膝を包んでいた手がスカートの裾から中に滑り込み、ゆっくりと太腿《ふともも》を撫で上げていく。柔らかな場所に熱い掌が触れたせいだろうか、徐々に身体が火照ってきた。

溜まっていく一方の熱をなんとか逃がそうと彩子が吐息を零す。それを待っていたと言わんばかりに、頬に唇が押し当てられた。

「だ、いご……くっ……んうっ」

これ以上の悪ふざけはさすがに許容できない。

抗議しようと振り返った瞬間――唇を塞がれた。

顔を元の位置に戻そうにも頬を押さえられていて動けない。舌先で上下の合わせ目をぞろりと舐《な》められ、未知の感覚に彩子は身を震わせた。

「……本当に、可愛い」

「そ、んな……こと、ない」

「俺がそう思ってるって話だ」

他人がどう評価しようが関係ない。橙吾は事もなげにそう言いきると、彩子を抱えたまま立ち上がった。縦抱きにされたまま一度廊下に出て、更に奥へと足早に運ばれていく。

一体どこへ連れていかれるのか、なんとなく予想がついている。拒むべきだと頭ではわかっているというのに、なぜか抵抗できなかった。

廊下の突き当たりにある扉が少し乱暴に開かれる。橙吾は真っ暗闇の中を迷いなく進み、彩子を柔らかな場所へと着地させた。

小さなスイッチ音と共に淡く光が灯る。

うすぼんやりと照らされている空間は――。

「…………嫌か？」

ベッドに寝かされた彩子へと大きな身体が覆いかぶさってくる。頬を撫でながら低い声で問われ、しばし逡巡した。

「よく、わからない……」

イエスでもノーでもない答えに橙吾はすうっと目を細める。そんな顔をされても、今の彩子にはどちらの答えも選べなかった。

だって、本当にわからないのだ。幼い頃から橙吾は傍にいるのが当たり前で、将来は結婚すると信じて疑っていなかった。だけど十六歳の時にその未来は訪れないのだと悟り、気持ちを葬り去った。

それが突如として覆されたのだ。縁はとうの昔に切れたと思っていたのに、まだ繫がっていると言われても、関係が変わったのだから、簡単にそうですかと納得はできなかった。

素直には受け入れられない。それでいて拒むのも躊躇われる。

葬り去ったはずの想いが溢《あふ》れてきそうになるのを必死で抑えて気づかないふりをしているのだ。

だから彩子には、そう答えるしかなかった。

見下ろした先にある瞳の中に戸惑いを見つけたのか、橙吾はそれ以上の追及はしてこない。

だが不満は伝えたかったらしく、唇を柔く食まれた。

「ま、嫌じゃないだけよしとするか」

「んっ……ふ、ぅ……」

そう独り言ちると彩子の頬を両手で包み込み、深いキスを仕掛けてきた。

口内に侵入してきた舌先が唇の裏側をぬるりと舐める。初めての感触に身を震わせると橙吾が喉奥で笑ったのが伝わってきた。

こういう時はどうしたらいいのだろう。経験も知識もない彩子はただされるがままになる。

それをいいことに、橙吾の舌は口の中を好き勝手に弄っていた。

「や、あっ……な、に？」

解放された口端に濡《ぬ》れた唇がキスを落とす。首筋に同じ感触が与えられると同時に胸の膨らみが優しく摑み上げられた。サーモンピンクのニット越しに揉みしだかれ、腰のあたりをぞわぞわとしたものが駆け抜けていく。

「仕事の時はこんな可愛い色の服、着てないよな」

会社ではできるだけ目立たないよう気をつけている。そうなると必然的に紺やグレーといった地味な色合いの服ばかりになってしまった。

それがお出かけ用の服を買いに行った時、昔は明るくはっきりした色が好きだったのを思い出したのだ。

橙吾と二人きりで会う時くらい昔と同じ姿になってもいいだろう。そんな考えを見透かされたようで恥ずかしい。思わずふいっと顔を背けると、頬に音を立ててキスされた。

「なんだ、照れてるのか？」

「そっ……そんなわけ、ないでしょっ」

「こういう顔も可愛いな」

いつものように揶揄われるのかと思いきや、橙吾はさらりと甘い言葉を口にするではないか。潜められた声はやけに艶めかしく聞こえてお腹の奥がざわめいた。

顎を摑んだ手によって顔を正面に戻され、素早く唇を塞がれる。絡み合う舌から濃いコーヒーのほろ苦い風味が伝わってきた。

「んっ……ふ、あ……んん……っ」

頭の中心が痺れたようになってきたのは苦しいからだけではない。息を乱しながらベッドに身を沈めていると、背中に滑り込んできた手が上半身を浮かせた。

「彩子、腕を上げられるか？」

「う……で？」

「そう。ほら、バンザイ」

「ん……」

柔らかな声で下された命令は幼い頃の記憶を呼び覚ます。そういえば小さい頃、こうやって着替えさせてくれたっけ。彩子は抗うことなくのろのろと両腕を頭上へと持っていった。裾から滑り込んだ手がニットを持ち上げ、あっという間に頭と腕を通過していく。下着姿にされ、肌寒さを覚えると肩を大きな手が包み込んだ。

「ついでに下も脱ぐか」

「えっ……？　ひゃっ！」

肩を摑んだ手によって再びころんとベッドに寝かされる。今度は腰が浮き上がり、スカートのホックを外されてしまった。

「橙吾くっ……ん、まっ……や、あっ！」

彩子が起き上がろうとするより早くストッキングごと引き下ろされる。下肢を覆うものを失い、太腿をひやりとした空気が撫でていった。

「こら、なんで隠すんだよ」

「だ、だって……！　恥ずかしい、よ」

「見たくて脱がせたんだから、それじゃ意味ないだろ」

こんなことになるんだったら、もっと可愛い下着にしておくんだった……！　今になって後悔しても遅いのだが、そう思わずにはいられない。そんな彩子の気持ちに気づいた様子もなく、橙吾は胸元を隠す腕を摑んで開かせた。

じっくり下着姿を眺められている。直接は触れられていないというのに、視線に撫でられただけで身体が一気に火照ってきた。

「あっ……ん、ん……っ」

拘束された両手が頭上でひとまとめにされる。大きな手がお腹から鳩尾《みぞおち》を撫で上げてきた。鼻にかかった高い声はとても自分が発したものとは思えない。彩子が唇を嚙みしめて出かかった声を堪えると、ブラ越しに先端をきゅっと摘まれた。

「声、聞かせてくれよ」

――やだ、恥ずかしい！

そう言いたいけど、口を開けばまたあの甘い声が出てしまう。彩子が必死の思いで首を左右に振ると、くくっと喉を鳴らすような笑いが耳朶《じだ》を打った。

「ほんと、そういうところは変わってないな……」

呆れたような、それでいてどこか嬉しそうな囁きになぜかお腹の奥がざわめいてくる。思わず膝を擦り合わせたのを見ていたのか、またもや胸の頂を摘まれた。

声を我慢しているせいで刺激がうまく逃がせない。それでもなんとかしようと身を捩る彩子を愉悦に染まった眼差しが見下ろしていた。

「もっ……や、めっ……！」

我慢できずに声を上げると同時に背中へと回った手がホックを外す。胸が締めつけから解放されるなり、あっさりと腕からも抜かれてしまった。

「……美味《うま》そうだな」

「なに、が…………っ、きゃあっ！」

剝き出しになった胸の膨らみを熱い吐息が撫でる。そのまま先端をぱくりと食まれ、腰が跳ね上がった。咄嗟に身体が逃げを打ったものの、あっさりと押さえ込まれてしまう。

もう一方の胸も大きな手で摑まれ、卑猥《ひわい》な形に変えられている。だが、相変わらず両手を拘束されたままの彩子はただそれを眺め、送られる刺激に耐えることしかできなかった。

「やっ……橙吾、く……っ、ゆる、し、て……っ…………ん……っ！」

彩子の懇願も虚しく硬く尖った頂に歯が立てられる。硬いものが敏感な場所に食い込んできた瞬間、電流にも似た感覚が全身を駆け巡り、悲鳴交じりの声が上がった。

舌先で色の違う場所をぐるりと舐めたかと思いきや、今度は内側へと押し込まれる。種類の違う刺激を次々と送り込まれたせいで息が上がり、視界が霞《かす》んできた。

「あぁ、顔も随分と美味そうになってきたな……」

橙吾の言っている意味がよくわからない。美味しそうということは、顔も食べられてしまうのだろうか。訊ねようにも息が乱れて言葉が出てこない。結局は薄く開いただけの唇はゆるりと弧を描いた同じものにぱくりと食べられてしまった。

「ん、んんっ……！」

呼吸すら奪うような口付けに翻弄された彩子はゆっくりと身体を滑り下りていく手に気づかない。ショーツの中に侵入した指が叢《くさむら》をかき分け、秘められた場所に触れられてからようやくくぐもった悲鳴を漏らした。

敏感な粒を弾かれるたびにびくびくと反応してしまう。自分で触った時はなんともないのに、どうしてこんなふうになるのだろう。その理由を考えようとしても、絶え間なく嬲《なぶ》る指先がそれを赦してはくれなかった。

「ま……って、なっ、んか……へん、に…………な、る……っ！」

お腹の奥に溜まった熱が今にも弾けそうだ。早く楽になりたい。だけどその願いが叶えられた時、どうなってしまうのだろう。

「いいぞ……ほら、イッってみせろよ」

「あっ、やめっ……あああ――――ッッ!!」

橙吾が艶を帯びた声で命じながら陰核を押し潰す。

一気に追い詰められた彩子の視界が真っ白に染まる。身体を強張らせたあと、くたりと弛緩《しかん》してベッドに沈み込んだ。

一体、なにが起こったのだろう。

まるで真夏の校庭で走り回ったかのように暑くて、息が苦しい。指の一本を動かすのも億劫なほどの気怠さに支配され、彩子は虚空に視線を彷徨《さまよ》わせながらひたすら荒い呼吸を繰り返していた。

「彩子、大丈夫か？」

いつの間にか意識が遠のいていたらしく、ようやく落ち着きはじめた息の合間に柔らかな声が届く。頬を撫でる感触に重さを残す瞼を持ち上げると、そこには彩子をこんなふうにした張本人の笑顔があった。

「あの、私……は」

「上手にイケたな。いい子だ」

両手で頬を包まれ、額に口付けられる。解放されているはずの腕はやけに重く感じられ、四肢を投げ出したまま顔中に降り注ぐキスの雨を受け止めた。ぐっと迫ってきた身体が胸に触れる。そこから伝わってくる体温がやけに高いのは気のせいだろうか。

「はぁ……気持ちいい」

すっぽりと抱きしめられると、さっきはシャツ越しに感じていた筋肉の感触がダイレクトに伝わってくる。汗ばんだ素肌同士が吸いつき、その心地よさに思わずうっとりしてしまった。

だが太腿を掠《かす》めた熱くて硬いものの存在によって現実に引き戻される。

それがなにかわからないほど彩子も初心ではない。抱き込まれていた胸元からゆっくり顔を上げると、待ち構えていたかのように唇を塞がれた。

「んっ……だ、いご………く、ん」

深く執拗《しつよう》なキスが一度は落ち着いたはずのざわめきを連れてくる。なんとか持ち上げられた腕で目の前にある肩を押したが案の定、びくともしなかった。

「ほら、摑まれ」

「なんっ、で……あっ………！　や、だ……っ！」

置き場所はこっちだと言わんばかりに、小さな抵抗を続けていた手が逞しい首の後ろへと導かれる。ぴたりと重なった胸で響く激しい鼓動はどちらのものなのだろう。ふっと目を細めた橙吾の手が腰に触れ、そのまま脚の付け根へと滑り込んでいった。

じゅぷり、と立った卑猥な水音に彩子は身を強張らせる。初めての場所に侵入された違和感はあるものの、なぜかそれ以上にもっと奥を触ってほしいと思ってしまう。堪らず腰を浮かせた途端、橙吾が不敵な笑みを浮かべた。

「痛くはなさそうだな。ほら、指を増やしてやる」

「えっ……まって………んんんっ！」

圧迫感が大きくなったが、同時に湧き上がる快感までもが加速する。淫靡《いんび》な水音が絶え間なく上がり、溢れたものが太腿の内側を濡らしていった。堪らず上げる途切れ途切れの喘《あえ》ぎ声に煽《あお》られたのか、出し入れされる指の速度が徐々に上がっていく。

「や、あっ……ま、た…………ッッ！」

ぐぐっと腰になにかが迫ってくる。先ほど知ったばかりの感覚に似たものの到来を感じた瞬間——指を抜かれた。

「そろそろよさそうだ」

「な、に………がっ……？」

中途半端な状態で放り出され、行き場を失った熱が全身を暴れ回っている。身を起こした橙吾は蜜を纏った指にゆっくりと舌を這《は》わせていった。

身悶《みもだ》える彩子へ見せつけるかのように一本ずつ丹念に舐め取り、濡れた唇の両端を吊り上げる。ちゃんと微笑んでいるはずなのに、獰猛《どうもう》な獣を思わせる眼差しに背中をぞくりとした感覚が走り抜けた。

起き上がろうにも身体がうまく動かない。滑らかなシーツの上で足掻《あが》く彩子の耳にビニールを破るような音が届けられた。

「彩子、力むなよ」

「どういう、意味……ん、あっ！」

喪失感に震える蜜口へ指の代わりに熱いものが押しつけられる。そのまま押し入ってきたものに入口を限界まで拡げられ、彩子は驚き交じりの声を上げた。逃れようにも肩の上に置かれた手がそれを許してくれず、ずぶずぶと肉杭《にくくい》が打ち込まれていく感覚にすべての意識が向けられる。

「……っはぁ、狭い、な」

堪えきれず、といった様子で低い呟きが零される。熱い吐息が浅く細切れの呼吸を繰り返す素肌を炙《あぶ》り、彩子の内側を更に締めつけた。自分の身体だが今はもう制御不能に陥っている。

なにをされたらどうなるのか、彩子自身もわからない。未知の領域に足を踏み入れ、困惑している真っ最中だというのに、橙吾は眉を寄せてこちらを見下ろした。

「力むなって、言っただろ」

「そうっ、言われても……わかんない、よっ」

反論している間にも橙吾は腰を寄せては軽く引く動作を繰り返している。繋がっている部分に引きつれたような痛みが走り、彩子は小さな呻きを漏らした。

「んっ……は、あ……っ」

「ほら、ゆっくり深呼吸してみろ。楽になるぞ」

もうこれ以上は無理。そう言いかけた瞬間、陰核を指で押し潰されて唇から嬌声《きょうせい》が漏れる。

痛みは感じなくなったものの、こんな状態で深呼吸なんてできそうもない。それでも喉を震わせ、どうにか大きく息を吸おうと試みる姿にうっとりとした眼差しが向けられていた。

「もう少し……だ」

「ん……、あっ……ふ、ぅ…………っ」

橙吾がぐっと上半身を倒すと同時に膣道《ちつどう》の奥に先端が押しつけられる。ぴたりと重なった腰をたしかめた視線がゆっくりと上がり、彩子に艶やかな笑みが向けられた。

これで終わりだろうか。訊ねるより先にキスで塞がれた唇から、腰を揺らめかせるたびにくぐもった悲鳴が零れてきた。

完全に痛みが消えたわけではない。だけどそれ以上に重なった唇と素肌が心地いい。またもや快楽の逃げ道を奪われた身体は徐々に高みへと引き上げられていった。

小刻みに奥を突かれるたび、張り詰めたロープがじわじわと裂けていくような感覚に陥る。

そしてひときわ強く押しつけられた瞬間――ぷつりと切れた。

「ん、ふっ…………んんん――ッッ!!」

がくがくと腰を震わせながら達した身体の中で熱いものが迸《ほとばし》るのを感じた。

「彩子……」

酷く切なげな声で名を呼ばれる。

だが、橙吾がどんな顔をしていたのかをたしかめるより先に、意識が深い場所へと沈んでいった。

◇◆◇

──身体が重い。

深く眠っていたはずなのに、どうしてこんなに怠いのだろう。それに、喉がやけに渇いているだけでなく、痛みすら感じる。

熱が体内に籠もっているような気もするので、久しぶりに風邪をひいてしまったかもしれない。

早めに薬を飲まないと……あぁ、その前にお腹になにか入れた方がいいかもしれない。冷蔵庫に残っている食材を思い出しながら寝返りを打つと、なにやら柔らかなものに衝突した。

「…………え？」

こちら側にはなにもないはずなのに。重い瞼をゆっくり持ち上げた彩子はその先にある光景をしばし見つめた。

すぐ目の前にあるのは──見覚えのある端整な顔。くっきりした目が細められて唇も緩やかな弧を描いている。微笑みながら彩子を見つめる幼馴染の姿を前にした瞬間、昨夜の出来事が脳裏に蘇ってきた。

「おはよう」

橙吾がゆっくり手を伸ばし、頬に触れてくる。少し掠れた声がやけに色っぽくて心臓が急に騒がしくなってきた。

「あ……っ、え、っと…………けほっ」

返す言葉を探しているうちに咳《せき》込んでしまう。そういえば喉が渇いていたんだった。

慌てて手で口を押さえると、橙吾が素早く身を起こした。

「少し待ってろ」

もしかして……なにも着てないの⁉　布団から登場した裸の胸が目に入った途端、動きと咳がぴたりと止まった。

しかしそれは杞憂に終わり、ベッドから立ち上がった橙吾はちゃんと下着を身に着けている。安堵すると同時に再び咳が出はじめ、なんとか抑えようとする彩子の前にグラスが差し出された。

「ほら」

「ん、ありが……と」

背中に手を添えてもらい、上半身を起こすと受け取ったものを唇に押し当てる。ひんやりとした水が荒れた喉を落ち着かせてくれた。ほっと小さく息を吐くと、ようやく自分も薄手のキャミソール姿なことに気がつく。

彩子には記憶がないので橙吾が着せてくれたのだろう。一応は大事な部分が隠れているが心もとない。掛け布団がずり落ちそうになったのを慌てて引き上げた。

「まだ飲むか？」

「ううん、平気……」

差し出された手に空になったグラスを渡し、もう一度「ありがとう」と告げる。橙吾は受け取ったものに瓶から水を注ぐと、あっという間に飲み干してしまった。

同じグラスを躊躇いなく使われて動揺したが、昨夜はもっとすごいことをしたのを思い出して顔を赤らめてしまう。

胸元をしっかり隠してから俯いていると、すぐ傍でマットレスが沈んだ感触があった。

「ひゃあっ！」

伸びてきた手に布団ごと捕らえられた彩子は勢いよく倒される。裸の胸元に額を押しつけられ、思わず驚きの声を上げてしまった。

「まだ八時だ。起きるには早いだろ」

もう少し寝ようと言いたいのだろうが、この体勢ではとても落ち着けそうにない。硬直する彩子とは対照的に、橙吾は楽しそうに背中に回した手で髪を弄んでいた。

「だ、橙吾くん……」

「どうした？」

腕の力が緩められ、ようやく橙吾の胸から解放される。顔を上げると細められた目と対峙《たいじ》した。

「あの、昨日の……こと、なんだけど……」

雰囲気に呑まれた面があるのは否定しないが、拒まなかったのは彩子だ。だから橙吾を責める気はない。

ただ、どういうつもりでこんな行為に及んだのかをたしかめておきたかった。

「まだ痛むか？」

どう切り出せばいいのか躊躇っていると頬にそっと手が添えられる。そこから伝わってくる熱に助けられ、なんとか囁くような声で「大丈夫」と返した。

「それならよかった。ちょっと、無理をさせたからな」

申し訳なさそうな口調とは裏腹に嬉しそうな表情をしているのはなぜだろう。その顔を見ていたら急に腹が立ってきた。

「無理をさせたっていう自覚はあるなら、もう少し手加減してくれてもよかったんじゃない？」

「まぁな。でも、彩子が可愛いすぎて我慢できなかった」

「う、嘘つかないでよっ」

「なんで嘘だって決めつけるんだよ。今だって我慢してんだぞ」

橙吾がぐっと身体を寄せて太腿に硬いものが押し当てられる。布越しに伝わってくる感触に彩子は頬がぶわっと熱くなった。

小さかった頃は一緒にお風呂に入ったが、あの頃とは似ても似つかない。こんなにも存在を主張してくるものになるのかと動揺を隠しきれなかった。

「もうっ、わかったってば！」

「本当か？」

「本当だからちょっと離れてっ」

恥ずかしさが頂点に達し、彩子が必死で懇願する。それが功を奏したのかぴったりと張りついていた橙吾の身体が離れていった。小さく吹き出す声が聞こえたので、きっとにやにやしながらこちらを見下ろしているのだろう。

「あまり油断するなよ。俺に隙を見せたらすぐに襲うからな」

「……………なにそれ」

「彩子が可愛すぎるのが悪い」

大人の余裕を漂わせる橙吾の変貌ぶりに戸惑っていたが、悪戯好きなところだけは変わっていない。

彩子にとってそれが唯一の救いのように感じられた。

◇◆◇

プライベートではとてつもなく大きな変化があったものの、職場での彩子には一切変わりがなかった。

　山のように押し寄せてくる業務をこなす姿は相変わらず淡々としている。きっと仲のいい社員がいたら気づかれていたかもしれないが、そういう人がいないことが不幸中の幸いなのかもしれない。

　橙吾は二人が一緒に参加するミーティングではこれまで通りの態度で接してくれるものの、時々思わせぶりな視線を送ってくる点には閉口していた。

「………はぁ」

　今日もまた例の機能追加についての打ち合わせがあった。彩子はただ単に実務を担っている社員としてごく普通に意見をしているつもりだが、発言している時はやけに熱い視線を感じる。

　そちらを見れば動揺してしまいそうなのでたしかめたことはない。だから橙吾に抗議したところで「気のせいだろ」と一蹴されてしまうのは火を見るよりも明らかだった。

　だからといってそのままにしておくわけにはいかない。どうすればこの困った状況を打開できるのか、表情には出さずに考えながら廊下を歩いていると、聞き覚えのある声が少し先から響いてきた。

「俺さぁ、遂にこのアプリをインストールしたんだよね」

　技術本部の副本部長である増井《ますい》均《ひとし》はおもむろにスマホを取り出し、昼休憩から戻る途中と思しき女性社員に画面を見せている。遠目でも目立つポップなカラーの画面は、若者の間で流行っているメッセージアプリだった。

「そ、うですか……」

「千帆《ちほ》ちゃんはこれ使ってるよね？　使い方がいまいちわかんなくてさ、色々教えてほしいんだ」

「えっと……どのようなこと、でしょうか」

入社三年目の門真《かどま》千帆は小柄で可愛らしい顔立ちをしている。そのせいか入社当初から増井がしきりに話しかけている姿は、もはや社内では見慣れた光景と化していた。

千帆は明らかに困惑、というより嫌がっている。だが、この増井は社長と親戚関係にあるせいで誰も強く出られない。だから、彩子もささやかな助け舟を出すのが精一杯だった。

「あ、門真さん。ミヤマ工業さんから電話があったみたいですよ」

「えっ⁉　本当ですか？」

「早めに折り返した方がいいと思います」

ミヤマ工業はこの会社にとって最大の取引先である。そこから連絡があったとなれば、社員は誰でも引き下がらざるを得ないだろう。彩子が至極真面目な顔で伝えると、増井が苦々しげな表情を浮かべた。

千帆は「失礼します」と技術副本部長にぺこりと頭を下げる。そして足早にこちらへ近付いてきた。

「……ありがとうございます」

すれ違いざま、ごく小さな声で告げた声はかすかに震えていた。

こうやってその場しのぎの手助けしかできないのがもどかしい。いつか成敗してやる、と心の中で誓った彩子もまた、会釈をしてその場から離れようとした。

「ちっ……三浦さんさぁ、もうちょっと空気読めない？」

会話の内容から察するに、教えを乞う名目で千帆の連絡先を聞き出すつもりだったのだろう。長女が大学生だと言っていたが、娘とほとんど年齢の変わらない千帆に言い寄るだなんて一体どういう神経をしているのだろう。

空気を読めないのはどっちよ、と心の中で言い返しながら増井の方へ向き直った。

「……申し訳ありません。先方がお急ぎのようでしたので」

完全に口から出まかせだが、きっと千帆であればうまく誤魔化してくれるだろう。無表情のまま答えると、増井がふんっと鼻を鳴らした。

「あ！　もしかして、千帆ちゃんに嫉妬したのかな」

「……は？」

どうしたらそんなふうに捉えられるのかまるでわからない。飛躍にもほどがある解釈に否定の言葉が出てこなかった。どこまでもポジティブな男はそれを肯定と捉えたのか下卑た笑みを浮かべる。

「そんなに構ってもらいたいならさぁ、せめて愛想よくしないと」

増井は女性社員を「女の子」と呼んでいる。

彼にとって「女の子」は仕事の能力よりも可愛らしさの方が重要だと、今この場で平然と言ってのけた。時代錯誤甚だしい考えだが、きっとそれを指摘したところで彩子の僻《ひが》みだと解釈するのだろう。

「はぁ……そうですか」

こういう手合いはスルーするに限る。肯定も否定もせず、曖昧な返事をすると唇を歪ませた。

「顔では勝負できないんだからさ、そこんとこもうちょっと考えなよ」

増井は吐き捨てるように言い放ち、足音荒く去っていく。彩子はその背が消えた方向を見るともなしに眺めていた。

「三浦さん、どうしたの？」

どれくらい経ったのだろう。不意に後ろから肩を叩かれ、反射的に身を震わせる。ぱっと振り返ると顔見知りの女性社員が目を丸くしていた。

「ごめんっ！　驚かせるつもりはなかったんだ」

「……あ、いえ、私の方こそ、ぼんやりしていてすみません」

「具合悪くなったとかじゃないの？」

「はい、ちょっと考え事をしていただけです」

彩子はぎこちなく微笑み、もう一度「すみませんでした」と会釈してから歩き出した。

＊＊＊＊＊

帰宅するなり、彩子はころりとアパートの床に寝転がった。

『三浦さんは会社の力で橙吾さんと婚約したって噂《うわさ》が広がっているけど……そんな酷いことを言う人がいるんだね。気にしちゃダメだよ！』

あれは高校に入ってすぐの頃だったか、かつての同級生は気遣うような表情を浮かべながらそう励ましてきた。

言葉だけ捉えれば彩子を擁護しているように聞こえるだろう。だが、この台詞にはたっぷりと毒が仕込まれている。言葉の裏に別の意味があると気づいたのはいつの頃だったか、今となっては憶えていない。

まだ東京に住んでいた頃に通っていた私立の女子高校には、有名企業の社長令嬢や財閥の娘など、いわゆる「セレブ」が大勢在籍していた。

彩子も一応はその業界でトップシェアを誇る「ネクサス製作所」の創業者一族に名を連ね

ていた。だから直接的に攻撃されることはほとんどなかったものの、時折こうやって心配や称賛という皮を被せた皮肉を受けていた。

それを言ってきた彼女は校内でも美人と評判だった。どこかのパーティーで橙吾と顔を合わせ、気に入ったのだろう。幼馴染兼許嫁である彩子へ親しげに近寄ってきた。

件の同級生は「お前のような凡庸な外見をした人間は橙吾と釣り合わない。どうせ権力にものをいわせて強引に婚約を取りつけたんでしょ」と言いたかったのだろう。

まったくのデタラメだと叫びたかったが、そんなことをすれば相手の思う壺《つぼ》である。きっと彩子は下品だ、橙吾にはとても相応しくないと吹聴されるのは目に見えていた。

だからあの時、怒りをぐっと堪えて「私ももっと努力しないといけないね」などと心にもない返事をするしかなかったのだ。

ずっと忘れていたのに。増井から投げつけられた捨て台詞によって、嫌な思い出が呼び覚まされてしまった。

それと同時に、仮にこのまま橙吾に流されて結婚した場合、また「あの世界」に戻らなくてはならないことを遅ればせながら思い至った。

年齢と経験を重ねた分、あの頃よりはうまく立ち回れるかもしれない。だが、笑顔を浮かべたまま互いの腹を探り合うやりとりをしたいかと訊ねられたら、すぐさま否と返すだろう。

田舎に引っ越して穏やかな日々を送り、件のお嬢様学校がどんなにギスギスしたものであったか身に染みたのだ。

「どうしよう……」

彩子の呟きは答えを得ることなく、瞬く間に消えていった。

◇◆◇

廊下を足早に進んでいる千帆の姿を見かけたのは、それから三日後のことだった。

社内を急いで移動する人は珍しくはない。だが、会議室が集まる棟へ向かっている横顔が強張っているのに気づき、妙な胸騒ぎをおぼえる。

もしかして、増井が懲りずにちょっかいをかけている……？　口実を作り、邪魔の入らない場所へ呼び出したのかもしれない。彩子は咄嗟に千帆のあとを追った。

深入りするつもりはない。ただ、千帆が向かう先にいるのが例のセクハラ親父でないことだけをたしかめられれば十分だった。

千帆は人気のない廊下の一番奥の扉をノックする。

ややあってから開かれた先に立ったのは――。

「急に呼び出して悪かったね。見られてない？」

「はい……大丈夫、です」

緊張を乗せていた千帆の顔がふわりと綻ぶ。橙吾もまたいつになく柔らかな笑みを浮かべ、うら若き女性を部屋に招き入れた。人目を警戒しているように周囲を見渡している。鋭い視線がこちらへ向けられそうになった瞬間、素早く廊下の角に身を隠した。

――どうして、あの二人が？

橙吾と千帆は仕事上で直接の関わりを持っていないはずだ。

――誰かに見られなかったか、って聞いてた……。

心配は杞憂に終わったものの、予想だにしていなかった場面を目の当たりにしてしまった。心臓がどくどくと嫌な音を立てはじめる。とにかくここを離れなくては。ふらつきそうになる脚を叱咤《しった》激励《げきれい》し、彩子は今来た廊下を戻っていった。

その後はなにも考えないようにしながら仕事を黙々とこなし、終業のチャイムと共に会社を飛び出した。きっと周囲には急ぎの用事があるかのように見えただろう。だが、向かった先はいつものスーパー。特売品をチェックしながら週末までの献立を組み立て、食材を買い物かごの中に入れていった。

アパートの部屋に着き、そのまま休むことなく夕食の準備に取りかかる。安くなっていた里芋と手羽先を煮込んでいる間に着替えを済ませると、スマホの画面にいくつかの通知が表示されていた。

いつもならすぐ気づくはずなのに、今日はそこまで気が回っていなかったらしい。溜息をつきながら画面ロックを解除するとメッセージアプリをタップした。広告やニュースがほとんどを占める中にある名前を見つけ、一気に緊張が高まる。

『週末は実家に帰ることになった。どこか平日で会えないか？』

素っ気ない文章を彩子は食い入るように見つめ、何度も読み返した。

橙吾はあまり文字でのやりとりが好きではないと言っていた。これまでは用事がある時は電話をかけてきたのに、どうして今日に限ってメッセージなのだろう。

社内で若く可愛いらしい子を見つけたので、彩子と話をするのが面倒になったのかもしれない。あぁ、もしかすると週末の約束をキャンセルしてきた理由も嘘なのではないだろうか。

そんなはずはないとわかっているのに、思考が悪い方向へ転がり落ちていくのを止められなくなっていた。

せめて千帆くらい可愛ければ、こんな嫌な考えを抱かずに済んだのかもしれない。

加々良橙吾はただ見目がいいだけでない。今や日本のみならず世界有数の家電メーカーとなったCALORを、いずれは背負って立つ人物なのだ。

そんな彼の伴侶には美人な良家のお嬢様が相応しい。だが、今の彩子はそのどちらも持ち合わせていない。……千帆も可愛いけれど良家のお嬢様ではない。そう思い至って安堵する自分の醜さに驚いてしまった。

いくら橙吾が彩子と結婚すると言ったとしても、これは個人の感情だけで決められるものではないことを今更ながら思い出す。

――やっぱり、私じゃ不釣り合いだよね。

彩子は大きく深呼吸をしてからスマホの画面へと指を滑らせた。

◇◆◇

事業譲渡の準備が着々と進められている小澤精密に、増井副本部長の退職という衝撃的なニュースが駆け巡った。

数日前から噂になっていた件が、遂に正式発表されたのだ。一人で黙々とお弁当を食べながら、彩子は社員食堂のあちこちで交わされている会話に聞き耳を立てていた。

「一応は退職って形を取ってるみたいだけど、実際はクビだっていうじゃない」

「うん。増井副本部長って社長の親戚だよね。よく決断したな」

「いやぁ……そうは言ってもさすがにアウトでしょ。ヴェインだってあんな奴が転籍してくるのはお断りだってことだろ」

「たしかに。増井副本部長のせいで結構人が辞めていったもんね」

「いやぁ、あの話って本当だったんだね」

「本当にね！　鈴木《すずき》課長が直接聞いたって言ってたけど、すぐには信じられなかったよ」

増井の悪行は女性社員へのセクハラだけではない。気に入らない男性社員へのパワハラや出入り業者への強引な値下げ要求なども頻繁に行われていたらしい。その噂は仕事上でほとんど関わりのない彩子の耳にも入ってきていたので、社内では公然の秘密のような扱いだった。

定年間近の技術本部長は譲渡のタイミングで退職すると聞いている。それに伴って増井が本部長になるに違いないと噂されていた。

技術本部の社員が「増井の天下になってしまう」と嘆いていたが、これで最悪の事態は免れた。それはとても喜ばしいのだが、一体誰がヴェインに増井の悪行を暴露したのだろう。

増井は転籍できないとわかるなり激昂《げきこう》し「誰がそんなデマを言いふらしたのか教えろ」と人事部長に詰め寄ったそうだ。

告発者の安全が確保されていることを心の中で祈りつつ、彩子は昼休憩を終えた。

自席へ戻る道すがらスーツを着た集団に遭遇する。廊下をこちらに向かって進んでくる中に見知った顔を見つけた途端、心臓がどくんと大きく鳴った。

「……お疲れ様です」

会釈するだけにしようかと一瞬迷ったが、さすがに他人行儀すぎるだろう。ごく小さな声で挨拶すると、すれ違いざまにその集団にいた泰田が「お疲れ様です」と返してくれた。

彩子は薄い笑みと共に軽く頭を下げ、そのまま足早に廊下を進む。

どうしたらいいのかわからなくて、一行の中心から向けられた視線には気づかないふりをしてしまった。

橙吾とはもう二週間近く会っていない。厳密には会議などで顔を合わせているが、二人きりでは過ごしていなかった。

週末は実家に戻るので平日に会えないか、という誘いに彩子は用事があるのでと断った。

橙吾はその返答が気に入らなかったのか、逆に、内心では彩子と距離をあけたくなったのか、それ以降はメッセージで挨拶するだけのやりとりになっている。

ただ一度、日曜日の夜に電話がかかってきた。だが、なにを言われるのかと思うと応答する勇気がなく、数時間後に「ごめんね、気づかなかった」と送るのが精一杯。

それに対しては翌朝、挨拶と共に「声を聞きたかっただけだ」と返ってきた。

橙吾の勢いに押され、自分の気持ちをたしかめることなくここまできてしまったのは認めざるを得ない。過去の想いに囚われているだけなのか、今も好きなのか。

同じことは橙吾にも言えるのかもしれない。今でも結婚したいと思ってくれているのか、または単に彩子に執着しているだけの可能性も捨てきれない。

だから彩子は会わない間に橙吾とこれからどうなりたいのか、そしてどうするべきなのかを真剣に考えていた。

寝る間も惜しんで悩んだというのに、未だに答えが出ていない。

橙吾と顔を合わせてしまったら、また流されてしまう。だから今は二人きりで会うわけにはいかない。

いや、本当は——会うのが怖かった。もし、「気に入った女性が現れたから、やっぱり婚約は解消してくれ」と言われたら……？

とはいえ、ずっと避け続けるのが不可能なことくらいはわかっている。

彩子はこれまで経験したことのない状況に困惑していた。

スマホが音声着信を報せたのは、帰宅して五分ほど経った頃だった。定時で仕事を上がってからいつものスーパーに立ち寄り、買ってきた食材を冷蔵庫に詰めている時だった。

床に置いた鞄から伝わる振動に気づいて急いで取り出した彩子は、ディスプレイを見つめたまましばし動きを止めた。

応答すべきか躊躇っているうちに不在応答のメッセージに切り替わる。そこで通話が途切れたものの、一分と経たずに再び名前が表示された。

このまま居留守を使い続けるのは無理がありそうだ。なにより彩子自身が気になってなにも手につかないだろう。

意を決し、震える指でタップするとおそるおそる耳に押し当てた。

「…………もしもし」

『やっと出たか』

スピーカーから聞こえてくる声は言葉に反してやけに柔らかく聞こえる。彩子が戸惑いながらも「ごめん」と伝えると、小さな溜息が零された。

『今、家にいるよな』

「そうだけど……」

『自転車が停まっているのが見えたから、帰ってきているだろうと思ったんだ』

「えっ……じゃあ」

『少しだけでいいから会えないか？』

台所はちょうど道路に面している。カーテンをそっと開けてみたものの、周囲が暗くて車は見つけられなかった。

僅かな逡巡のあと、彩子は「うん」と呟いた。

『俺がそっちに行ってもいいが……』

「だっ、だめ!!」

アパートの外観から部屋の中がどんなものか想像はつくだろう。

橙吾がそれを揶揄うことはないとわかっていても、やはり見せるのは恥ずかしかった。

「支度してすぐ下りるから、少しだけ待って」

『わかった。残念だけど今回は諦めるとするか』

残念ってなに!?　それに今回とかじゃないから!!　心の中で文句を言って通話を終え、残りの食材を急いで冷蔵庫に仕舞った。

着替える余裕はない。せめて化粧だけでも直そうと洗面台に急ぎ、メイクボックスを開いた。パウダーを叩いて色付きのリップクリームを塗り、後ろで一つにまとめている髪を結び直す。そして床に置いたままになっている鞄を拾い上げ、玄関へと足早に向かった。

戸締まりを確認して振り返ると、真下の道路に黒い車が停まっているのが見える。彩子が階段を下りると同時に後部座席の扉が開いた。

「急に悪いな」

会社ですれ違った時は感じなかったが、橙吾の顔には疲労がありありと滲んでいる。やはり忙しいのだろうか。

橙吾に導かれて柔らかなシートに身を沈める。続いて橙吾が乗り込むとごく自然な仕草で扉が閉められた。車内で話すつもりなのかと思いきや静かに走り出す。慌ててシートベルトを締めた途端、隣からふわりと抱き寄せられた。

「あ……えっと、お疲れ様」

「そうだな。すごく疲れてる」

溜息交じりの声がその台詞を裏付けている。彩子が動けずにいると更に抱擁が強められた。

「はぁ……やっと彩子に会えた」

「え、えっと……昼間も会ったよね。廊下で」

「あんな一瞬で足りるわけないだろ。もっと補給させろ」

不機嫌そうに呟いた唇が頭頂に押し当てられる。すうっと大きく息を吸われ、頬が熱くなってくるのを感じた。

橙吾がなにを補給しているのか、訊ねるのはなんだか躊躇われてしまう。かといって振りほどくこともできず、彩子はただ大人しくスーツの腕の中に囚われていた。

「橙吾様、予定通り向かってよろしいですか」

「あぁ、頼む」

すっかり存在を忘れていたが、当然ながら車は自動で走ったりしないのだ。我に返り、慌てて離れようとしたが橙吾の腕はびくともしない。

だが、ずっと気配を消していた福場は後部座席を気にした素振りを見せることなく「かしこまりました」と答えると再び運転に徹した。

「どこに行くの？」

「俺の部屋」

「えっ、それは、ちょっと……」

なにも用意をしてきていないし、今日はまだ水曜日で明日も仕事がある。彩子が断ろうとすると、後頭部に回された手によって胸元に引き寄せられてしまった。

「夕食まだだろ？　ちゃんと帰すから心配するな」

「……わかった」

急なことだったので彩子は地味な仕事着のまま。例のビストロでさえ行くのは遠慮したい。それを考えて橙吾は部屋に招いてくれたのだろう。

だけど、そんなに疲れているのであればさっさと帰って休んだ方がいい。橙吾だってそれくらいわかっているはず。

それでも、無理をして会いに来てくれたのは――。

湧き上がってきた歓喜をぐっと堪え、彩子は到着まで抱き枕役に徹していた。

そして、三十分後――橙吾の仮住まいに入るなり目を丸くする。

「なんか……豪華だね」

「そうか？」

不在の間にセッティングしてもらったらしい。ダイニングテーブルには小ぶりの寿司桶と重箱が置かれている。

もしかするとこれだけで彩子の一ヶ月分の食費が飛ぶのではないだろうか。そんなことを考えながら椅子に座ると、目の前のグラスに透き通った翡翠《ひすい》色の液体が注ぎ入れられた。見た目から察するに冷茶のようだ。

橙吾も仕事が残っているのか、お酒ではなく同じものでグラスを満たす。乾杯をして口をつけると、火照りを残す身体に冷たくて爽やかなお茶が染み渡っていった。

「彩子は寿司、好きだったよな」

「うん、まぁ……」

まさか、そんなことまで憶えているとは思わなくて、きゅっと唇を噛みしめる。

たしかに好物ではあるけれど、ここ最近はお店で食べていない。せいぜい閉店間際のスーパーで割引されたもの、もしくはお刺身の特売日に酢飯を使って海鮮丼を作る程度だ。

「いただきます」

すっかり庶民の生活が板についているので、こんな高級品を食べて胃がびっくりしないだろうか。両手を合わせてから箸を取り、重箱にあったほうれん草のおひたしを口に運んだ。

「あ、美味しい……」

彩子も同じものをよく作るが、やはり使っている材料が違うのだろう。肉厚のほうれん草はえぐみがまったくなく、出汁の風味も豊かに感じられる。思わず零れた感想に橙吾がふっと目を細めた。

「遠慮するなよ。好きなだけ食べてくれ」

「うん、ありがとう」

二人で食べるには十分な量があるから遠慮はしなくていいだろう。むしろ残す方が悪いと開き直り、彩子は箸を伸ばした。

「ふぅ……」

美味しくてついつい食べすぎてしまった。ご馳走になったので、と理由をつけて後片付けを引き受けた彩子は、蛇口を締めてから小さな溜息をつく。

「こっちで休憩しよう」

「うん」

橙吾がマグカップをリビングのテーブルに置き、手招きしている。食器を洗いながらコーヒーが飲みたいな、と思っていた。言葉にはしていないのに通じていたらしい。

ソファーに並んで座り、早速マグカップに手を伸ばす。香ばしくてしっかり苦みがあり、最後にほんのり甘さが残るこの豆は、前に「美味しい」と言ってから必ず用意してくれるようになった。

さっき彩子が片付けをしている隣で橙吾がコーヒーを淹《い》れていた。

その構図はまるで――――。

「大丈夫か？」

「……っ、へ、平気！」

危うく噴き出しそうになったのをすんでのところで堪える。無事に飲み込むと、まだ熱かった、と誤魔化した。

「気をつけろよ」

橙吾がくくっと喉を鳴らして笑う。会社では見せない気楽な表情がやけに色っぽくて、心臓がどきりと跳ねた。

「そういえば、技術副本部長の件はびっくりしたよ」

動揺を誤魔化すために振った話題に、橙吾はすっと表情を硬くした。やはりこの件はヴェインでも面倒事と捉えられていたのだろう。

「当然の扱いだろ。社長の親戚というだけで好き勝手してたんだから」

「うん。みんな困っていたから、喜んでいる人は多いと思う」

これで千帆も安心して仕事に集中できるだろう。彩子がよかった、と微笑んだというのになぜか橙吾は不満そうにしている。

「なんでそんな他人事みたいに言うんだよ。彩子だって暴言を吐かれたんだろう？」

「えっ……？　どうして、橙吾君が……」

驚きのあまり返す言葉を失うと、隣から伸びてきた手が頬を撫でた。

「事実確認のために何人かの社員にヒアリングした。その時に彩子に助けてもらったっていう話を聞いたんだ」

もしかして、千帆を呼び出したのは……ヒアリングのためだった？　そう考えると、人目を避け、目立たない場所にある会議室が使われていたのも納得できる。

「あの陰険な男のことだから、邪魔をした彩子に恨みを抱いてもおかしくない。それが心配だって言っていたぞ」

「そんな、大したことなかったよ」

「でも、なにかは言われたんだよな？」

咄嗟に目を逸らそうとしたが、頬に添えられた手が許してくれない。ぐっと迫ってきた強い眼差しに負けて小さく頷いてしまった。

「彩子がそんな目に遭っていたと聞いて、俺がどんな気持ちになったかわかるか？」

どうしてそんなに腹を立てているのか。彩子は困惑を深める。

「そんなに怒らなくても……」

多忙な橙吾の手をこんな個人的な事情で煩わせるのはあまりにも申し訳なさすぎる。至極まっとうな理由だというのに、こちらを見据える眼差しが剣呑な光を帯びた。

「話を聞いてすぐ、あいつを殴りに行かなかったことを褒めてほしいくらいだ」

「ええっ⁉　駄目だよ！」

いくら増井が諸悪の根源で橙吾が正義の鉄槌《てっつい》を下したとしても、殴りかかった方が不利になるのは明白だ。そんな騒動が起こりかけていたなんて。つい大きな声で制すると、鼻を軽く摘ままれた。

「いたっ！」

「だから行ってないだろ。面倒だったけど、ちゃんと正規の手続きを取って追い出したんだから」

「やっぱり、面倒だったんだね……」

「あぁ、小澤社長がやけに擁護してたな。その説得が一番大変だった」

増井は抜け目がなく社長のお気に入りだったので、これまで誰も告発に踏みきれなかった。定年まで辛抱するしかない、というのが皆の認識だったというのに、こんな形で決着するとは本人も含めて誰も想像していなかっただろう。

「その……ありがとう」

理由はどうあれ、橙吾達の判断によって小澤精密の社員が助かったのは紛れもない事実だ。

彩子が素直にお礼を言ったのが珍しかったのか、橙吾はくっきりとした目を瞠《みは》った。

「どういたしまして。でも、お陰で忙しかったからご褒美を弾んでくれよ」

「えっ……な、なにが欲しいの？」

彩子に金品の類を要求してくるはずがない。それに、橙吾であれば大抵のものは手に入れられるだろう。

彩子に望む「ご褒美」とは一体なんなのか。身構える彩子の瞳に思わせぶりな笑みが映る。

「それは、週末のお楽しみにしようか」

つまり、今週末は会えるということか。

距離を取って自分の気持ちを見つめ直そうと決めたはずなのに、胸にはじわりと歓喜が湧き上がってくる。

彩子は橙吾の台詞の中に混じる不穏な気配を感じつつもこくりと頷いた。

◇◆◇

「あっ、ん、んん……っ」

薄暗い部屋にあえかな声が乱れた呼吸と共に立ち上る。

彩子は自分が発したものをどこか遠くに感じながら、今にもくずおれそうな膝を必死の思いで維持していた。

――どうしてこうなったんだろう。

霞む思考の片隅に浮かんだ疑問は、身体の中心を貫く刺激によって打ち砕かれた。

「やっ……あぁっ！」

内側をかき混ぜる指がぐちゅりと音を立て、彩子は腰を震わせる。倒れかけた身体は橙吾の首に巻きつけた腕でなんとか支えられたが、限界がいよいよ迫っているのを感じていた。

「なんだ、もう降参か？」

「そんっ……な、ことな……っ、きゃうっ！」

敏感な肉粒を指先で押し潰され、あられもない声を上げると愉悦に染まった目がゆるりと細められた。

橙吾が迎えにきたのは土曜日の昼下がり。マンションに直行するとそのまま寝室へ連れ込まれた。

最初はなにが起こったのかわからず硬直してしまった。だが、抱きしめられたままベッドに倒れると、耳元で囁かれたのだ。

「疲れきった俺を癒やして」

耳朶を食みながらねだられ、それが橙吾の望む「ご褒美」なのだと悟った。

なにをすればいいのか問うと、ただじっとしていてほしいと言うではないか。抵抗はしない。どうしても嫌な場合はちゃんと伝える、と約束させられた。

精一杯のお洒落が無駄になったが、橙吾の希望であれば仕方がない。

それに、こんなに激しく求められてしまったら拒むことはできなかった。

久しぶりだから慣らそう、という言葉に油断したのがまずかったらしい。優しくも執拗な愛撫で何度も高みに押し上げられてあっという間に思考が霞み、羞恥心を奪われてしまった。

きっとそうじゃなければ、橙吾の太腿を跨《また》いで膝立ちになるなんて恥ずかしくてとてもできないだろう。橙吾は珍しく命令に大人しく従う彩子へうっとりとした眼差しを向けていた。

「橙吾、くっ………も、もう……っ！」

途切れ途切れの懇願に笑みの形を取った唇が「どうした」と問う。望みはわかっているはずだ。だけど今日の橙吾にはちゃんと言葉で伝えないといけないらしい。潤んだ目をぎゅっときつく閉じた。

「……いっ………ちゃ、い、そ……っ、んんっ……！」

彩子の宣言に内側をまさぐる指が激しさを増す。高い声で啼《な》いた耳元に更なる命令が下される。

「目を開けて、俺を見ろ」

「え……？」

「そうしたらイカせてやるよ」

つまり、達する時の顔を晒せというのか。いつもなら絶対に拒否するが、これを続けられたら頭がおかしくなってしまう。

意を決し、そろそろと瞼を上げると目の前には満足げな笑みがあった。

「いい子だ」

しとどに濡れた蜜壺の奥に指が侵入し、ある一点をぐりっと強めに引っかかれる。次の瞬間、ぶわりと全身の肌が粟立《あわだ》った。

「ほら、イけ………っ」

「ひゃっ……あ、あああ――ッッ!!」

もう何度目かわからない絶頂に押し上げられ、全身が覚えのある浮遊感に包まれる。遂に限界を迎えた彩子は橙吾へとすべてを委ねた。

息が苦しい。なにも見えないし聞こえない。そんな中でぴたりと重なった素肌の感触と激しい鼓動だけがやけにはっきりと伝わってきた。

「彩子……」

こめかみに押し当てられた唇が低く掠れた声で名前を呼ぶ。もう頭を持ち上げる体力すら残されていない。肩に頭を預けたままゆっくり向きを変えると、今度は額にキスが降ってきた。

「そのまま摑まってろ」

「んっ…………な、に？」

橙吾の太腿に座り込んでいた身体がふわりと浮き上がる。絶頂の余韻に震える入口にひたりと熱いものが押し当てられた。

「えっ？　橙吾君……ちょっと、まっ…………」

言い終わるより先に身体が落とされ、肉茎を一気に含まされる。内側を割り拓かれる感覚に軽い恐怖を覚えた。咄嗟に崩れた膝に力を入れようとしたが、腰を摑む手に制される。

「こら、逃げるな」

「だ……って……くる、しい……っ……！」

咥《くわ》え込んだモノがいつもより大きく感じられるのは、決して久しぶりだからという理由だけではない。苦しさを少しでも逃がそうと天井を仰いで息を吐くと、反らした喉に柔く歯を立てられた。

「ひゃ、あ……っ！」

歯が更に深く食い込んできたのは、びくんと腰を跳ねさせたせいだろうか。これ以上強くされたら痕が残ってしまいそうだ。身を捩って逃れようとしたはずが更に身体を密着させられた。

「はぁ……これ、たまんないな」

「んっ、は……っあ……そ、んな……お、くっ、は……！」

恍惚《こうこつ》を帯びた声に反応した身体が潤みを加速させ、それに気づいた橙吾の手によって繋がりが深くなる。これまで一番奥だと思っていた場所から更に進んだところに先端がぐっと押しつけられた瞬間、視界いっぱいに閃光《せんこう》が弾けた。

下から突き上げるようにして最奥を何度も抉《えぐ》られる。彩子は振り落とされないようにしがみつくのが精一杯で、橙吾から注がれる快楽をただひたすら受け止めるしか道は残されていなかった。

「彩子、イく時はちゃんと教えろよ」

「む、無理だよっ」

そんな恥ずかしい真似をできるはずがない。じりじりと追い詰められているのを感じながら拒否すると、浅く繋がったままの状態でぴたりと止められた。

「言わないなら……このままにするからな」

「そん……な」

これを生殺しというのだろう。中途半端な刺激にもどかしさが急激に募ってくる。

無慈悲な宣言を下され、彩子はあっさりと屈してしまう。荒い呼吸を繰り返す唇をこじ開けた。

「もっ…………イき……そっ…………！」

「あぁ、俺……も…………っ」

「きゃ……！　あ、ああああ――――ッッ‼」

ひときわ強く押しつけられ、彩子の内側で膜越しに熱い飛沫《しぶき》が迸っているのを朦朧《もうろう》とした意識の中で感じた。世界が真っ白に染まり、ずっと橙吾の首に巻きつけていた腕がだらりと落ちる。傾いた身体はすかさず抱き留められた。

「少し休憩するか？」

「ん……」

なんとか頷くとベッドに優しく横たえられる。

橙吾は休憩と言ったけれど、彩子は既に心身共に疲労困憊《ひろうこんぱい》だ。本音を言えば今日はこれで終わりにしてほしいのだが、名残惜しそうに抱きしめられて口に出せなかった。

今にも瞼が閉じてしまいそうな彩子の視界にゆるりと弧を描いた唇が映った。

「週末はこれからだからな……」

不穏な台詞の意味を訊ねる余裕もなく、深い眠りの海へと沈んでいった。

◇◆◇

「失礼します。来週分の生産計画書をお持ちしました」

「はーい。受け取りまーす」

彩子は工場の一角にある事務所を訪れ、大きなバインダーを差し出した。生産ラインごとに分かれた計画書をそれぞれ三部ずつ印刷し、ここに届けるのが週に一度のルーチン業務になっている。

顔見知りの社員が勝手知ったる様子で空いたバインダーをカウンターに置くと、彩子の顔をじっと見つめてきた。

「なんか三浦さん、疲れてない？　大丈夫？」

「大丈夫です」

間髪を容《い》れずに返してしまったが、逆に不自然に思われていないだろうか。あぁ、しかも早口だったかもしれない。言い訳を必死で考えていたものの、相手はあっさりと引き下がってくれた。

「そう？　ならいいんだけど」

「ご心配いただきありがとうございます。……失礼します」

墓穴を掘る前にさっさと退散しよう。空のバインダーを受け取って身体を反転させると足が縺《もつ》れそうになった。なんとか体勢を維持して一歩踏み出した背に事務所中の視線が向けられているなど、当の彩子は知る由もない。

「三浦さん、筋肉痛っぽいね」

「あー……なるほどね。なにやったんだろう」

「あんまりスポーツするイメージないよね……テニスとか？」

プライベートが謎に包まれているだけに、皆が勝手に想像を膨らませるのはいつものこと。そして今回は幸か不幸か、それに助けられたのだった。

週末、久しぶりに会った橙吾に寝室へ連れ込まれた。そして微かに聞こえた不穏な宣言通り、日曜の夜までマンションから一歩も出してもらえなかったのだ。

橙吾の部屋に――いや、厳密には寝室に籠もってなにをしていたのか、そしてなにを囁かれたのかを思い出すだけで顔から火が出そうになる。

なお、命じられて口にした台詞に至っては、自分だけでなく橙吾の記憶からも完全に抹消してしまいたいと切に願っている。

そんな不埒《ふらち》な記憶を仕事中に蘇らせるわけにはいかない。いつも以上に仕事をてきぱきとこなしているつもりなのだが、身体が追いついていないのが現状だった。

「…………はぁ」

今の彩子は橙吾には相応しくないと認識しているのに、あんなにも甘く、そして執拗に抱かれてしまうとこのまま一緒にいたいとさえ思ってしまった。

しかも、三日経ってもなお、奥深い場所が火照っているような気がする。まるで熾火《おきび》を植えつけられたように燻《くすぶ》る熱が彩子を落ち着かなくさせていた。

さっさと帰宅して体力回復に努めなくては。工場から事務棟に向かう渡り廊下を歩いていると、黒塗りの高級車が正面玄関に停まったのが見えた。

これから外出するのか、橙吾が数人の部下を伴って建物の中から出てくる。その姿は普段以上に覇気が満ちているように見えた。

彩子より寝ていなかったし激務続きのはず。それなのに元気いっぱいなのが納得できない。少々恨めしい気持ちで眺めていると、真っ白に輝く車が敷地へ入ってくるのに気がついた。

どこかのお偉いさんでも来たのだろうか。だが、ビジネスの場に相応しい車種ではない。興味を引かれ、彩子は立ち止まって成り行きを見守っていた。

まず運転手が降りてきて後部座席の扉を開く。

そして優雅な仕草で登場したのは——一人の女性。

色鮮やかなローズピンクのワンピースを纏った彼女は、長い髪を揺らしながら橙吾の方へ歩いていく。

橙吾もまた近付いてくる存在に気づいたらしい。手にしたタブレットを素早く閉じた。

――あの人は、誰？

距離があるからどんな顔をしているのかわからないし、窓越しなので声も聞こえない。

それでも彩子は立ち話をしている二人を食い入るように見つめていた。

第三章　没落令嬢の本心

突如として橙吾のもとを訪れた女性の噂は社内に瞬く間に広がっていった。

「どうやらね、なかなか会えないからって押しかけてきたらしいのよぉ！」

情報通である世津子が仕入れたばかりだという噂話を披露しはじめた。ただ、手だけはしっかりファイリングの作業をしている。

彩子はひたすら聞きたくもない話を耳に流し込まれる羽目になっていた。

「でも、仕事先に来ちゃうって……やりすぎじゃないですかね？」

「そうよねぇ。気持ちはわからなくもないけど、せめて服装はもうちょっと考えたら？　って思っちゃう」

他の社員達もその件には興味津々らしい。作業をしながらお喋りに花を咲かせていた。

たしかに噂の女性は華やかな装いをしていた。都心のお洒落なホテルならいざ知らず、無機質な工場を訪れるにはそぐわないと言わざるを得ないだろう。

「なーんかちょっとがっかりしちゃった。加々良専務の婚約者があんなに空気を読めない人なんてさ」

「同感。政略結婚だろうけど、ああいう立場の人は好きに相手を選べないみたいだし」

内容が内容だけに声は抑え気味になっているが、彩子の耳にもしっかり届いている。綴り紐を持つ手がぴくりと揺れ、結び目が緩んでしまった。すかさず引っ張ってリカバリーしたので周りには気づかれていないだろう。静かに深呼吸し、気持ちを落ち着かせてから作業を再開した。

どうやらヴェインの関係者から聞いた噂によると件の女性は橙吾の婚約者らしい。しかも随分と前から結婚が決まっているというではないか。

——ちゃんと相応しい婚約者がいるんじゃない。

それならどうして彩子のことをまだ許嫁だと言ったり、身体を求めてきたりしたのだろう。

「でも、どうしてまだ結婚しないんですかね？」

「それが不思議よね。年齢的にも問題ないはずなのに」

橙吾は今年三十歳になる。世間的には遅い方ではないが、婚約者がいるのに結婚せずにいるのはなにか事情があるのだろうか。いや実のところ、あの女性が未来の妻というのはデマなのかもしれない。

真偽不明の噂に憶測が入り混じり、もはや混沌《こんとん》といっても過言ではない。この状況が橙吾への関心がいかに高いのかを物語っていた。

噂になっているのを知らないのか、橙吾はこの件に関してなにも話さない。そして彩子もまた、わざわざ訊ねはしなかった。

女性が仕事中の橙吾のところへ押しかけてきたのは事実。だが、ほんの少し会話しただけで橙吾はさっさと車に乗り込んでしまった。いくら仕事中とはいえあそこまで冷たい態度を取るなんて、婚約者というのは嘘な気がする。

いや——そう思いたい、という方が正しいのかもしれない。

橙吾に訊ねたら正直に教えてくれるだろう。だけど、真相を聞く覚悟ができていなかった。

ただ、今回の騒動でわかったことがある。

ヴェインの関係者の話——橙吾には相応しい婚約者がいるらしいということ。

そして、彩子自身の気持ちだ。

件の女性が橙吾の婚約者だと聞いた瞬間、心臓が握り潰されたような感覚に陥った。なんとか表面上は平静を装えたものの、息をするのがやっとという有様になってしまったのだ。

まさかここまで動揺するとは思わず、その事実にも動揺してしまった。

そこでようやく、自分の中には橙吾への想いが今も残されたままなのだと思い知らされたのだ。

真偽不明の婚約者が登場したことによって自分の気持ちを確信するなんて、随分と皮肉なものだ、と内心で苦笑いしてしまった。

——うじうじ思い悩んでいてもしょうがないよね。

仕事を終えていつものように自転車を走らせながら、週末に橙吾に会った時、件の女性とはどういう関係なのか、本当に婚約者はいないのかをちゃんと訊ねよう、と決意した。

頰で風を感じながら、気持ちの輪郭ができ上がったことに安堵の笑みが自然と浮かぶ。ようやく悩みから解放されると喜んでいた彩子は、この先に待ち受けている事態を想像だにしていなかった。


お目当てのスーパーに寄ると、チラシには掲載されていなかったお買い得品がずらりと並んでいた。風が強かったのでそのまま帰ってしまおうと思いながら、頑張って来てよかった。大袋に入った豆鯵《まめあじ》をどう調理しようかと考えながらアパートの自転車置き場に自転車を停めると、背後でかつんとヒールの音が響く。

彩子はぱんぱんに膨らんだエコバッグに手を伸ばしながら何気なく振り返る。

そこには濃い緑色のノースリーブワンピース姿の女性が佇《たたず》んでいた。

「三浦さん、お久しぶり」

これからパーティーにでも参加するのだろうか。濃いめのメイクを施した顔に挑戦的な笑みを浮かべている。右の口端だけを吊り上げた皮肉げな唇の形に見覚えがあった。

「錦田《にしきだ》、さん……？」

長い髪を肩から払い、高校時代の同級生である錦田茉弥香《まやか》が「まぁ！」と驚きの声を上げる。いちいち芝居がかった言動をするのは昔から変わっていないらしい。

「憶えていてくれて嬉しいわ。私のことなんか忘れちゃっただろうと思っていたのに」

こういう台詞を真に受けてはいけないとわかったのは、高校に入ってすぐの頃だっただろうか。いいとはとても言いがたい思い出が次々と頭の中に浮かび、彩子は無意識のうちに唇を引き結んだ。

茉弥香の実家は全国各地で錦英会《きんえいかい》という病院を経営している。都心の一等地に住まいを構えている彼女がこんな場所にいる理由はすぐに察せられた。

先日、窓越しに見た女性もこんなふうに綺麗にカールした栗《くり》色の髪をしていた。

つまり茉弥香が橙吾の婚約者と噂されている張本人なのだ。

そして、わざわざ彩子を待ち伏せしていた目的は――。

迂闊《うかつ》に口を開けば揚げ足を取られかねない。かといって黙ったままでいれば、気分を損ねるつもりはなかった、などと大袈裟に謝ってくるだろう。きっと近所中に響き渡る声を出して彩子に悪い印象がつくよう仕向けてくるに違いない。

とりあえずは無難に対応するしかなさそうだ。彩子は薄い笑みを浮かべると小首を傾げた。

「忘れたりはしないけど、こんな所で会うとは思わなくて驚いたよ」

「うふふ、急にごめんなさいね」

茉弥香はそこで言葉を区切ると周囲を見回した。この一帯は昔ながらの住宅街なので高層マンションの類は建っていない。年季の入った日本家屋と古びたアパートが並ぶ様をじっくりと眺めてから彩子に視線を戻した。

「とても静かでいい所に住んでいるのね。東京とはとても思えないわ」

「………そうだね」

誉め言葉に聞こえるかもしれないが、当然ながらこれも皮肉だ。彩子は苛立ちが表情に出ないよう気をつけながら相槌を打つ。

茉弥香は挑発に乗ってこない彩子が不満だったらしい。綺麗にアイラインが引かれた目をすうっと細めた。

「ほんっと……腹立たしい」

「え?」

声が小さくてなにを言ったのか聞き取れなかった。茉弥香はわざとらしく微笑んでから彩子を見つめる。その眼差しの鋭さにぞくりとしたものが背中を駆け抜けた。

「三浦さんは今、小澤精密にお勤めなのね」

「そう、だけど……」

「毎日こつこつとお仕事しているなんてさすがだわ。三浦さんにぴったりね」

誉めているように聞こえる言葉で相手を貶《おとし》めるのは昔から変わらない。だが、どうして彩子の勤め先を知っているのだろうか。

密かに身構える前でふぅ、とわざとらしく溜息が零された。

「まったく……澄吾さんもお人好しが過ぎて困るわ」

「どういう意味？」

やはりその名前が出てくるのか。警戒を強めていると、茉弥香は頬に右手を添えて思案顔を浮かべた。

「いくら幼馴染で元許嫁だったとしても、澄吾さんは今の貴女《あなた》が頼っていい相手ではないの。立場は弁えないと駄目でしょう？」

茉弥香はまるで分別のつかない子供を諌《いさ》めるかのように語る。一体なんの話をしているのだろう。沈黙を守っていると、隙のない化粧を施した顔に険しい気配が乗せられた。

――もしかして、誤解されている？

茉弥香の発言から察するに、彩子が先行き不透明な勤め先を引き取ってもらえないか、澄吾に頼み込んだと思っているようだ。

「勘違いしているようだけど、私はなにもしていないよ」

そのような事実はないことだけははっきり伝えておかないと、澄吾の評判に傷がつきかねない。

彩子がきっぱり否定したというのに、茉弥香は鋭い眼差しをやめなかった。

「嘘つかないで。私はそう聞いてるんだから」

誰から、と訊くより先にかつん！　と鋭い音が長閑《のどか》な住宅街の空気を切り裂いた。彩子に一歩近付いた茉弥香が軽く腰を折って顔を覗き込んでくる。

「私達ね、もうじき結婚するの」

自慢げに告げられた言葉に小さく息を呑んだ。

結婚？　誰と？

話の流れから容易に想像できるというのに、そんな疑問が浮かぶのは認めたくないからなのかもしれない。

嘘だ、と言いたいのに声が出てこない。なにも返してこないことで勝利を確信したのだろう。茉弥香はゆっくり身を起こすと、肩にかかった髪を優雅な仕草で後ろに流した。次の瞬間、甘い香りが鼻孔をくすぐる。

「だからもう、橙吾さんに付きまとうのをやめてくれないかしら。今日はそれをお願いしたくて会いに来たのよ」

「つき、まとう……？」

「あぁ、言い訳なんか聞きたくないわ。もしやめないというのであれば……こちらにも考えがあるから」

自信に満ち溢れた口調に嫌な予感がする。彩子は反射的に身を強張らせた。

「会社の皆さんは三浦さんの事情をご存じないのよね」

まさか……⁉

彩子がかつてネクサス製作所の社長令嬢だったと暴露されたら、好奇の目に晒されながら仕事をすることになるだろう。これみよがしに噂をされる状況に果たして耐えられるか、とても自信がない。

トートバッグの肩紐を握る手に力が籠もる。

「それにご両親にも……平穏に暮らしてほしいでしょう？」

彩子だけでなく、家族まで巻き込むつもりなのか。

茉弥香は念を押すように不穏な台詞を言い残すと、勝ち誇った笑みと共に颯爽と去っていった。

◇◆◇

――いい天気。

玄関扉を開き、天を仰いだ彩子は目を細める。澄みきった青空は今の心情と見事なほど正反対で、あまりの清々しさに腹立たしい気持ちは湧いてこなかった。

そろそろ着く、というメッセージの通り、戸締りをして階段を下りていくとちょうど黒塗りの高級車がアパートの前に停まる。後部座席の扉が開いて橙吾が降り立った。

「おはよう、彩子」

「おはよう……」

ニットの上にジャケットをはおり、柔らかな素材のスラックス姿はシンプルなのにお洒落に見えるから不思議だ。思わず見惚れているとショルダーバッグを奪われてしまった。

「ほら、行くぞ」

手を取られるなり素早く車内へと導かれる。大人しく席に収まると、横から伸びてきた手によってシートベルトが締められてしまった。

運転席にいる福場とも挨拶を交わし、動き出した車窓に視線を移す。

これでもう――逃げられなくなった。

こういう時、手にするものがないと落ち着かない。彩子はそっと吐息を零すと膝の上で両手を組んだ。

「眠かったら寝ていていいからな」

「ありがとう。でも、大丈夫だよ」

頬に触れた手の温もりが心地いい。不意に涙がこみ上げてきそうになったのをなんとか寸前で堪えた。

本当のところ、昨晩はほとんど眠れていない。だが緊張が高まっているせいで眠気は感じられず、むしろ冴《さ》え冴えとしていた。

最近は土曜日の昼過ぎから会うことが多かったのに、今日に限っては朝に迎えに行くと言われた。その意図を問うことなく「わかった」と返したのは、早い時間帯の方が帰りやすいと思ったからに他ならない。

茉弥香の突撃訪問を受けて以来、彩子はずっと迷い続けていた。

噂にすぎなかった話が当事者の口から真実だと告げられたが、もう一人の当事者である橙吾の口からはなにも聞かされていない。

訊ねればすぐに本当かどうかがわかる。だけど、答えを知る勇気を出せないまま、いたずらに時間だけが過ぎていった。

それに、どちらにしても橙吾との接触を断たなければ社内で素性を暴露されるだけでなく、両親にまで害が及んでしまう危険があるのだ。

きっぱりと決別しなくては。

できれば顔を合わせて話をするべきだろう。そう結論付けてこの週末を迎えた。

――ちゃんと話せるかな。

どう切り出すか、そしてどんなふうに説明するかもしっかり考えてきてある。念のためにスマホにメモもしてきたから準備は完璧、残るは彩子の勇気だけ。組んでいる手がうっすら汗ばんでいることに気づくと同時に窓の外の異変に気がついた。

「ね、ねぇ、橙吾君」

「どうした？」

「いつもと道が違うけど、どこかに寄るの？」

「あぁ」

顔を上げた橙吾が軽く目を細め、現在位置をたしかめている。まるで思い出したかのように呟くと悪戯っぽい笑みを浮かべた。

「寄るというより、行くという方が正しいな」

「どこに？」

至極まっとうな質問だというのに橙吾は微笑んだままなにも答えてくれない。まさか、行先不明のミステリーツアーを開催するつもりだろうか。さすがにそれは勘弁してほしい。彩子がむっとした表情を浮かべると宥めるように頬を撫でられた。

「そんな顔をするな」

「教えてくれれば済む話なんだけど？」

どうして秘密にするのか、まるでわからない。こうやってつまらない押し問答している間にも車は高速道路に乗り、軽快に西へと向かっていた。

「思い出の場所、とだけ言っておこうか」

「そう言われても……」

橙吾とは幼い頃から家族ぐるみで色々な場所に旅行している。そのすべてが大事な思い出なので、ヒントとしてはあまりにも弱すぎた。それだけでは足りないと文句を言ってみたものの、橙吾はそれ以上を教えるつもりはないらしい。そして五時間あまりが経過し――ようやく車が止まった。

車から降りた途端、吹きつける風が髪を乱していく。それと同時に潮の香りが鼻先をかすめた。

「私はこのまま乗船時間まで待機いたします」

「あぁ、頼んだ」

福場は一礼してから車に戻り、颯爽と走り去っていく。しばし見送っていた彩子は橙吾に促され、目の前にある建物へと向かった。

階段の途中に「鳥羽《とば》行きフェリーのりば」という看板がある。そこでようやく彩子は加々良家が所有する別荘のひとつに向かっているのだと思い至った。

――よりによって「あそこ」に行くなんて……。

今日は話をしたらすぐ帰るつもりだったのに、早くも予定が狂ってしまった。

「あの、私……着替えとかなにも持ってきてないよ」

橙吾のマンションに置かせてもらっている私物は、帰る時に回収するつもりだったのに。だから泊まりは無理、と釘をさすつもりがすかさず遮られてしまった。

「問題ない。用意してある」

「えっ……そう、なんだ」

 週末は泊まる約束をしているからそのつもりだったのだろう。やけに嬉しそうな顔で告げられ、彩子はそれ以上なにも言えなくなってしまった。

しかも橙吾はかの地を「思い出の場所」だと言っていた。今更ながらその意味に気づき、きゅっと唇を噛みしめた。


乗船開始時間が迫っているせいか、フェリーの待合室では大勢の人が思い思いに過ごしている。どこか空いている席はあるだろうか。だけどずっと車で座りっぱなしだったのでこのまま立って待つのも悪くはない。


そんなことを考えていると、スーツ姿の男性が慌てた様子でこちらへやってきた。

「加々良様、三浦様、本日はご利用ありがとうございます」

フェリー会社のスタッフの案内で別室に通される。応接室と思しき場所でコーヒーを出され「乗船時間になりましたらお迎えにあがります」と告げて去っていった。

ただでさえ橙吾は背が高く、人目を惹《ひ》く容姿をしている。その上、スタッフがわざわざ出迎えたせいで案内所中の視線が集中してしまった。

こちらにスマホを向け、撮影している人はいなかっただろうか。もしそれがインターネットに晒されたりしたら……？　想像するだけで指先が冷たくなってきた。

早い時間に待ち合わせた理由を訊ねなかったことを今更になって後悔する。小さく息を吐いてから顔を上げると、こちらをじっと見つめる眼差しにぶつかった。

「彩子、大丈夫か？」

「……えっ？　あ、うん……」

「フェリーで一時間、そこから三十分ほどで着く。もう少しの辛抱だ」

「うん。大丈夫だから心配しないで」

どうやら長時間の移動で疲れているのでは、と気遣ってくれたらしい。

ぎこちない笑みを浮かべ、彩子はコーヒーカップに手を伸ばす。

誤魔化すように飲んだコーヒーはやけに苦く感じた。

そして橙吾が予告した通り――一時間半後に加々良家の別荘に到着した。

長時間運転してくれた福場に礼を告げて降り立つと、絶妙なタイミングで玄関扉が開かれる。そこから姿を見せた男性がにっこりと微笑む。彼は懐かしそうに目を細めているが、残念ながら彩子の記憶の中には見つけられなかった。

「橙吾様、彩子様、お帰りなさいませ」

「あぁ」

ここに来るのは約十六年ぶりだ。さすがに「ただいま」と返すのは躊躇ってしまう。

「……お世話になります」

無難かつ失礼にならないであろう挨拶を返すと恭しく一礼される。上げられた顔に浮かんだ笑みに混じった寂しさには気づかないふりをした。

「リフォームしたんだね」

「そうだな。去年、大々的に刷新したんだ」

以前訪れた時と外壁の色が違うし、玄関までのアプローチや内装もモダンな雰囲気へと変わっている。聞けば土台だけを残してすべて造り直したというではないか。

そうなると、もしかして……。

訊ねるべきか迷っているのを見透かされたのか、橙吾がひょいと顔を覗き込んできた。

「彩子が気に入っていた露天風呂はもっと広くなったぞ」

「えっ！　……そう、なんだ」

思わず大きな声が出てしまった。慌てて誤魔化したものの安堵と喜びはしっかり伝わってしまったらしい。橙吾が小さく吹き出してからぽんと頭に手をのせてきた。

「少し休憩しよう。あとで中を案内する」

「うん……」

本音ではすぐにでも生まれ変わった別荘を見学したい。だけどここは客らしく我慢するべきだろう。そわそわしているのが表に出ないよう気をつけながら真新しいソファーに座り、可愛らしい和菓子と緑茶を味わった。

「天井がすごく高くなったけど、階数は減らしたの？」

「いや、三階のままだ。間取りはそう大きく変えていない」

「へぇ……」

部屋の間取りは時代によって変化するものだと思っていたが、別荘の場合は違うのだろうか。それとも、元の設計がよかったとか？

以前よりステップが低く、勾配が緩やかになった階段をのぼりながらあれこれ想像する。三階に着いて廊下を奥まで進むと、大きな引き戸が姿を現した。

部屋数が多すぎて所々が曖昧だが、この場所だけはしっかり記憶に残っている。果たしてどんなふうに生まれ変わっているのだろう。

期待と不安が同時に高まる中、がらりと音を立てて大きく開かれた先には――。

「わぁ、立派になってる」

橙吾に促されて扉をくぐり、以前より広くなった露天風呂へと繋がる脱衣所を感嘆の溜息を漏らしながら見渡す。濃い飴《あめ》色をした板張りの空間はまるで高級旅館のようで、とても個人の別荘にあるものとは思えなかった。

スリッパを脱いで低めの上がり框《かまち》をあがり、ゆっくりとその先にある磨りガラスの扉へと向かう。輪郭が失われ、ただ構成する色だけが辛うじてわかるだけ。それでも彩子はここに映し出される景色をはっきりと思い描けていた。

「開けるぞ」

「うん」

ぱっと目前の霞が払われ、水気を帯びた空気が頬を撫でる。

日暮れが間近に迫った今、景色は赤みの強いオレンジと藍色で構成されていた。

夕陽に染まった海に点在する小さな島々は一つとして同じ形のものはない。自然が創り出した壮大な景色に、彩子は瞬きを忘れて見入っていた。

「すごい……」

「あぁ、相変わらず見事だな」

ふと隣を見上げると、橙吾も目を細めて露天風呂からの景色を眺めている。緩められた目元から懐かしんでいる様子が伝わってきて、急激に鼓動が高まってきた。

「た、タイルの色は変えたんだね」

「そうだな。こちらの方が滑りにくいそうだ」

床と壁を構成していたベージュと臙脂《えんじ》色を組み合わせたタイルはレトロで可愛らしかったのだが、それが濃いグレーの御影石へと変わっている。そして滔々《とうとう》と温泉が流れ込んでいる浴槽は、五人ほど入れる程度だったものが優に二倍ほど大きなサイズになっていた。

「あとでゆっくり入ろうな」

橙吾が身を屈め、耳元で囁いてくる。潜められたその声が艶を帯びているのは気のせいではないだろう。

彩子がなにも返さず、頬を赤らめて黙り込んだのは決して照れのせいだけではなかった。残りの部屋も見て回り、別荘の間取りを大まかに把握する。といっても昔の記憶を呼び覚まし、少し情報を更新する程度で済んだのだが。

「さすがにあの麻雀《マージャン》卓はないんだね」

「そうだな。今は遊ぶ人もいなくなったから撤去したんだ」

かつては祖父達が集っていた娯楽室はシアタールームへと姿を変えていた。昔はルールもわからないというのに全自動麻雀卓の周囲をうろつき、全員の手牌《てはい》を覗き込んではばらさないように釘を刺されていたのを思い出す。

すべてが新しいというのにどこか懐かしい。奇妙な感覚に包まれたまま、気がつけば海沿いの道を歩いていた。

あの時は早朝で、今は夕暮れという違いはあるものの、周囲に人の姿がないのは同じ。いつの間にかしっかりと繋がれた手を見つめながら、静かな波の音に耳を傾けていた。

しかし、予想外にもほどがある状況のお陰で切り出すタイミングを完全に失っている。日を改めるべきだろうか。だが、猶予はあまり残されていない。思考を巡らせるのに必死だったせいでこちらに注がれている視線に気づく余裕はなかった。

緩やかなカーブにさしかかり、その先にある木製のベンチが視界に入ってきた。

「少し休むか」

「うん……」

かつては長方形のシンプルなものだったが、今は細い木材で流線形を描くデザインに変わっている。並んで腰を下ろして濃くなっていくオレンジ色の空を眺めていると、徐々に鼓動が高鳴りはじめた。

橙吾はここでなにがあったのかを憶えているのだろうか。いや、ここを休憩場所に選んだのは単なる偶然かもしれない。訊ねるべきか悩む彩子の横顔を強い潮風が吹き抜けていった。咄嗟に押さえたものの間に合わず、下ろしたままの髪が空を舞う。慌てて手櫛《てぐし》で直そうとしたが分け目が見事なほど滅茶苦茶になっている。どう頑張ってもまとまらない髪と格闘していると、頭をするりと撫で下ろされた。

「じっとしてろ」

「ん……ありがと」

髪の根元から梳《す》くように指が滑っていく感覚がくすぐったい。思わず身を震わせると「おい」と咎《とが》める声が降ってきた。

「動くなって言っただろ」

「だって、くすぐった……い」

堪らず笑い声を漏らせば今度は頭をぐらぐらと揺らされる。目が回る！　と主張すると頭を掴んでいた手がゆっくり滑り落ちてきた。

「まったく……彩子は文句ばっかりだな」

「だって本当にくすぐったかったんだもん」

そういえばあの時も小競り合いをしていたっけ。不意に湧き上がってきた甘く切ない気持ちに目の奥が熱くなってきた。橙吾はなにも言わずに彩子をじっと見つめている。どうしたのかと訊ねたい。だけど口を開けば涙が溢れてしまうだろう。

これ以上触れ合っていたら決心が揺らいでしまう。後ろへ引きかけた身体が頬を包む手によって阻まれた。

「ん……っ」

上を向かされた途端、唇へ柔らかなものが押し当てられる。

驚きの声すら吸い込んでしまいそうなキスに視界がくらりと揺れた。

「やっと、ここまで来れた……」

嬉しそうに呟いた唇が再び重ねられ、破擦音を立てて離れていく。

これは断じて事故ではない。

明確な意思をもって実行された行為に、ずっと堪えていたものが一気に溢れてきた。

「ど……………し、て……」

「彩子？」

「どうして、こんなこと、するの⁉」

想いが抑えられなくなるのは、きっとこの場所のせいだろう。

感情的にならないつもりだったのに。どうしても責めるのをやめられない。彩子は拘束の手を振り払うとベンチから立ち上がった。

「悪かった。謝るから……」

「謝ってほしいんじゃない！」

——もしかしてこれは、復讐《ふくしゅう》？

婚約を勝手に解消し、なにも言わずに姿をくらませた。手紙を開封もせずに送り返し、ずいぶんと不義理な真似をしたとは思う。彼のプライドを傷つけただろう。そんな彩子を恨み、復縁の期待をさせてから切り捨てるつもりだったとすればすべて説明がつく。

資料室で宣言された「責任を取ってもらう」とはこういう意味だったのか。甘い眼差しにいつの間にか勘違いしていたことが滑稽にすら思えてきた。

だが橙吾は酷く戸惑った表情を浮かべている。

あぁ、これも演技なのかも。唇を引き結んだ彩子の頬を幾筋もの透明な雫《しずく》が零れ落ちていった。

「……錦田さんと結婚するのは知ってる」

「は？　なんで今その話が出てくる」

……やっぱり本当だったんだ。一瞬にして不機嫌な色に染まった橙吾を前にして僅かに残されていた期待があえなく砕け散った。

もうここにはいられない。手の甲で乱暴に頬を拭い、彩子は踵を返した。

「おいっ、ちょっと待ってくれ」

「はな……っ、して、よ……っ！」

摑まれた腕を力いっぱい動かしてみたものの到底力で敵うはずがない。それでも抵抗をやめないでいると逞しい腕の中に閉じ込められてしまった。

こんな状況だというのに抱きしめられる感触が心地いいと思ってしまう自分が腹立たしくて——悲しかった。

「彩子、頼むから落ち着いてくれ……！」

初めて耳にする、焦りを隠そうとしない声色が耳朶を打つ。必死の懇願に負の感情に支配されていた思考が徐々に冷静さを取り戻していった。

「噂が立っているのは知っているが、俺が錦田茉弥香と結婚するという話は完全に間違いだ」

「え……っ？　でも、」

「いいから最後まで聞け」

右耳を苛立ったように嚙まれ、彩子は反論をやめて橙吾の言い分に耳を傾ける。

曰《いわ》く、彩子が東京を去り、アメリカから戻ってくると茉弥香と婚約したという噂がまことしやかに囁かれていたらしい。加々良家に何度も打診があったのは事実だが、すべて断っているというのに諦めようとせず手を焼いているのだと。

「でも、錦田さんは結婚が決まってるって、言ってた……」

「あの女に会ったのか」

はぁ、と重々しい溜息と共に抱擁の力が強くなった。

「これ以上しつこくつきまとうなら錦英会との契約を切る、と言ったのが逆効果だったか」

「契約を切るって……相当な損失になるでしょ？」

茉弥香の父親が理事長を務める病院にはすべてＣＡＬＯＲの家電製品が導入されている、と以前耳にしたことがある。そんな理由で契約を切っていいのだろうか。

彩子の問いに橙吾はふっと鼻で笑った。

「煩わしさから解放されるなら安いものだ。それに、その程度の損失ならすぐに挽回《ばんかい》できるから心配しなくていい」

「そう、なんだ……」

茉弥香は昔から人を欺くのが上手だった。だけどまさか、あれほど自信満々な様子でとんでもない嘘をついていたとは。

全身からへなへなと力が抜けていき、膝がかくりと折れる。へたり込みそうになった彩子はすかさず抱き留められ、再びベンチへと座らされた。

「いつ、どこで錦田茉弥香に会ったんだ」

「あ、ええっと……」

どんな話をしたのかを憶えている限りすべて教えろ、と真顔で迫られ、彩子は必死で記憶の糸を手繰り寄せた。アパートの前で待ち伏せていた、と言うと橙吾の表情がぐっと険しさを増し、茉弥香への嫌悪を隠そうともしない。

一部始終を伝えると、重々しい溜息が零された。

「……彩子の存在に気づかれていたのは想定外だったな」

彩子としても橙吾と会う時はできるだけ人目に触れないよう気をつけていた。となると、あのマンションやレストランを探っていたのだろうか。そんな気味の悪い真似をするとは信じがたい。だがその一方で茉弥香ならやりかねないという気もしてきた。

「この件に関しては完全に俺の手落ちだ」

悪かった、と謝罪を口にしているものの、橙吾の表情は相変わらず険しいまま。脅されただけでまだ害があったわけではないのに、どうしてそこまで怒っているのだろう。

自分は大丈夫だと伝える寸前、彩子の盛大な勘違いが判明した。

「どうして俺にその件を言わなかったんだ？」

「……それ、は」

「すぐに教えてくれていれば、彩子の勘違いも起こらなかっただろう」

怒りのポイントはこちらだったのか。言い逃れは許さないとばかり、橙吾は鋭い眼差しを向けてくる。

彩子は目を伏せたまま震える唇をこじ開けた。

「てっきり、本当……なの、かなって……」

橙吾には長年の婚約者がいるとヴェインの関係者が言っていたという。そこに大病院の令嬢が直接釘を刺しにくれば信じるのは当然だろう。彩子が白状すると、目の前にある顔が更に不機嫌なものへと変わっていった。

「つまり彩子は、俺のことを婚約者がいるのに手を出してくるような男だと思っていたのか」

「ち、違うよ！」

「それならどうして、くだらない虚言を信じたんだ？」

腕を摑む力がぐっと強められた。

「…………彩子」

低く静かな声で名前を呼ばれ、反射的に顔を上げる。その先にあった恐ろしいほど真剣な眼差しに思わず息を吞んだ。

「俺が、これまで生きてきた中で結婚したいと思った相手は一人だけだ」

一語一語を区切り、言い聞かせるように告げられた言葉にまたもや目の奥が熱くなってくる。彩子は瞬きを繰り返して涙を散らしてから「でも」と囁いた。

「私はもう……ネクサス製作所とはなんの関係もないんだよ？　後継者として相応しい人と結婚しなきゃいけないでしょ？　それに、なにも言わずに逃げて、きっと橙吾君のプライドを傷つけた……」

没落した元社長令嬢を妻に迎えるのは外聞が悪い、と周囲から反対されるだろう。

橙吾の評判まで下げてしまうかもしれない。そんな言い訳をしながらも彩子は胸が歓喜で震えているのに気がついた。

「今まで煮えきらない態度だったのはそんなことが理由か。ついでに言えば、ネクサスとは今も良好な関係を続けているし、周囲にとやかく言われないよう、強固な立場を築き上げたんだ。彩子がいなくなって俺がどんな思いをしたのか……。なにもわかってないんだな。本当はもう少し時間をかけたかったが……まぁ仕方ない。これも運命ってことか」

「なにが……ひゃあっ！」

彩子を膝に乗せたと思いきや、橙吾はそのまま素早く立ち上がった。いくら誰もいないからといってここは外だ。抱えられた彩子の焦りをよそに、橙吾は上機嫌な様子で今来た道を戻っていった。

「お帰りなさいませ」

玄関扉が内側から開かれ、うっすら苦笑いを浮かべた福場が姿を現す。扉を開けるために下ろしてもらえると思っていたのに、まさか帰ってくる姿を見られていたとは。恥ずかしさがピークに達して顔を伏せると、抱える力がきゅっと強められた。

「橙吾君……っ、く、靴を脱がないとっ！」

「脱がせてやろうか？」

「自分でやります！」

ここが和風の家屋で助かった。無事に地上への帰還を果たした彩子はローヒールのパンプスを脱いでスリッパに履き替えた。

「夕食はいかがいたしましょう」

「あぁ、もう六時になるのか」

そう言われて彩子も玄関ホールに置かれた年代物の柱時計へと目を遣った。散歩に出たのは五時少し前だったはず。三十分くらいしか経っていないと思っていたのに……と驚いていると空っぽの胃が存在を主張しはじめた。

「彩子、このまま食堂に行ってもいいか？」

「あ、うん……」

是非！　と勢いよく言いそうになったのを寸前で堪え、彩子は控えめに答える。だがきっと橙吾にはお腹が鳴ったのを聞かれているはず。揶揄われるかと思いきや、柔らかな声で

「わかった」と返されただけだった。

「では、すぐにご用意いたします」

背中に添えられた手が食堂の方向へと導いてくれる。彩子は押される力に素直に従い、急ぎそうになる足を宥めつつ美しく磨き上げられた廊下を歩き出した。

＊＊＊＊＊

ぱしゃん、と水が跳ねる音が遠くで聞こえる。

彩子は爪先から温かなものに包まれていく感覚に下ろしていた瞼をのろのろと持ち上げた。

「あ、れ……？」

部屋の中にいたはずなのに、星空が見えるのはどうしてだろう。しばらく立ち昇る湯気の合間から覗く光景を眺めていると、頬に柔らかなものが押し当てられた。

「ん……」

目が合うなり橙吾がふっと微笑んだ。彩子を支えていた右手が離れ、前髪を大雑把にかき上げる。いつもは綺麗に整えられているものを乱したのは自分だったことを思い出し、頬がぶわりと熱を帯びた。

そうだ。茉弥香の話が嘘だと判明し、久しぶりに穏やかな気持ちで食事をした。そのあとに泊まりの用意が整えられている寝室へ向かうと、すぐさま橙吾によってベッドへと引きずり込まれたのだ。

あれからどれくらい経ったのだろう。蕩《とろ》けそうなほど甘く、そして激しく翻弄された時間はあっという間だったような気もするが、途中から意識が途切れ途切れだったので本当のところはよくわからなかった。

「寒くないか？」

「うん……平気」

吹き抜けていく風はたしかに冷たい。だが湯に浸っているので、むしろちょうどよく感じられた。

彩子は橙吾の腕を抜け出して露天風呂の縁に手を掛ける。海や島々は暗くてほとんど見えないものの、月の光を受けた海面が時折揺らぐ様子からなぜか目が離せなくなってしまった。

「ここからの景色は、いつ見ても綺麗だね」

「そうだな。だが、長湯は厳禁だ」

「……はーい」

前回この場所に来た時、この露天風呂からの景色に見惚れた彩子は逆上せてしまった。せっかくの旅行だというのに夕食もほとんど食べられず、用意してもらった氷枕で身体を冷やしながら布団の上でぼんやり過ごす羽目になったのだ。

あれからはさすがに成長している。今だってもう少ししたら上がろうと提案するつもりだったというのに、なぜか後ろから緩く身体を囲われてしまった。

「あの時は久しぶりに会えたっていうのに寝込みやがって。俺がどれだけがっかりしたかわかってるのか？」

「う……ごめんね。でも、そんなに楽しみにしてくれていたなんて知らなかった」

「しょうがないだろ。照れくさかったんだよ」

中学生になった橙吾は勉強や部活で忙しくなり、週末もほとんど会えなくなってしまった。

そんな中、夏休みになんとか時間をやりくりして一泊だけできるようにしたのだ。

それを知った時、彩子は喜びのあまり飛び跳ねてしまったのを憶えている。だがそれは橙吾にしてみれば義務のようなもので、自分だけが会いたがっているとばかり思っていたのに。

「次の日も昼前には出発しなきゃいけなかったから、いつ彩子が起きてこられるのか気が気じゃなかった」

「あ、それで……きゃうっ」

だから橙吾は早朝からランニングをしながら様子を窺っていたのか。

それを確認するより先に腰に回されていた手がするりと上がり、胸の膨らみを包み込んだ。

そのままやわやわと揉みしだかれ咄嗟に身を捩る。

「橙吾く……っ、ここっ…………そ、と……だか、らぁ」

「あぁ、そうだな」

だからやめてほしい、という意味だったのに、指先で先端をきゅっと摘まれた。唇から漏れそうになった嬌声はなんとか寸前で嚙み殺し、慌てて手で口を押さえる。

卑猥な悪戯を仕掛けてくる手を引き剝がそうとしたが、力の差がある上にこちらが使えるのは一本だけ。それでも必死で抵抗しているとばしゃん、と派手な水音が夜空に響いた。

「おねが……っ、い……っ、も、やめ…………っ、んんんっ……！」

必死の懇願にも橙吾は耳を貸さず、むしろ逃れようとした罰なのだろうか。硬くなった部分をくりくりと弄ばれた。声も出せず、後ろからしっかり拘束されている。彩子は逃げ道を失った疼《うず》きが急激に溜まっていくのをひしひしと感じていた。

「ひうっ！」

胸を弄んでいた左手が脚の付け根に滑り込む。指先が肉唇を割り拓くなり素早く蜜壺へと沈められた。まだ情事の気配を残す肉襞《にくひだ》を引っかかれ、彩子は激しく身悶える。

視界が霞んでいるのは風呂から立ち昇る湯気のせいだけではない。いつの間にか緩んでいた指の隙間から高い声が漏れ、慌てて押さえ直した。

「この時間に外を歩くもの好きはいない。だから気にするな」

たしかに周囲は真っ暗で人が歩けるような環境ではない。しかも建物の三階にいるので万が一、声を聞かれたとしても見られる心配は皆無だと断言できた。だけど彩子はそういう話

をしているのではなく、単純に恥ずかしいのだ。

それがどうして橙吾に伝わらないのだろう。それとも……ずっと昔に逆上せたことへの仕返し？

訊ねたいが、もはや彩子にそんな余裕は残されていない。全身を暴れ回る疼きに翻弄され、いよいよ限界が目の前まで迫っていた。

「ほら、そろそろイけ……！」

「んんんっ………ん――――ッッ‼」

弱い場所を引っかかれ、命じられるがまま彩子は達する。びくりと一度大きく震えてから弛緩した身体はすかさず橙吾に抱きしめられた。

――暑い。

その呟きが届いたかどうか定かではない。だが、彩子を抱えた橙吾は立ち上がり、浴槽の脇にあるベンチへと向かっていった。

「座れるか？」

「ん、だいじょ……ぶ」

彩子は背もたれに身を預けると湯気越しの星空をぼんやりと眺める。夜の潮風が火照りを優しく静めてくれるのが心地いい。再び瞼が落ちる寸前、ふわふわのタオルで全身を包まれた。

「彩子、こっち向け」

「んー……」

顎に添えられた手に導かれ、のろのろと顔を上げる。身を屈めた橙吾によって唇を塞がれた。それを抵抗することなく受け止めると、侵入してきた舌先からひんやりとした液体が注ぎ込まれる。

いくらぐったりしているとしても、水ならボトルを渡してくれれば一人で飲める。だけど橙吾はこの行為が気に入っているらしい。三回目が終わったタイミングで「大丈夫」と囁いた。

ようやく意識がはっきりしてきた。掛けてくれたタオルで肌の水気を拭っていると橙吾が別のタオルで濡れてしまった毛先を拭いてくれる。

この歳になって甲斐甲斐しく世話をされるのは恥ずかしいし、申し訳ない気持ちになってくる。だけど、橙吾にしてもらう時はなぜか喜びの方が勝っていた。

「ありがとう」

橙吾は甘く微笑むとタオルごと彩子を抱きかかえる。そのまま浴室を出ると右に曲がり、元いた部屋へと戻った。

サイドテーブルのライトに照らされたベッドは、まるで使われていないかのように整えられている。

つまり、彩子達が露天風呂へ入っている間に……。

この場所がどんな状態になっていたのかは思い出したくない。羞恥のあまり唇をきゅっと引き結んだ彩子は静かにベッドへ下ろされた。

「今日は逆上せていなそうだな」

「……ちょっと危なかったよ？」

あのいやらしい悪戯さえなければもっと元気だった、と暗に抗議する。頬に添えられていた手をぺしんと叩くと橙吾が不満そうな表情を浮かべた。

「俺はずっとここにいたかったのに、彩子が『お風呂に入りたい』って何度も言うから我慢したんだろ」

「あれで……？」

橙吾が我慢していなかったら一体どんな目に遭っていたのだろうか。思わずふるりと震わせた彩子の身体からタオルが奪われた。

「ちょっと……っ、かえ、して……ひゃっ！」

とん、と肩を押されて背中がベッドに沈む。起き上がろうとしたところを覆い被さってきた橙吾に阻まれてしまった。

「彩子の頼みは聞いただろ。だから今度は……俺の望みを叶えさせてくれ」

「望み、って……なっ、に……っ？」

瞼や頬に絶えずキスが降ってくるせいで声が跳ねてしまう。じゃれるような口付けに翻弄されているうちに、一度は冷めたはずの熱があっという間に蘇ってきた。

零される吐息が浅く細切れになってきたのが伝わったのか、橙吾は艶やかな笑みを浮かべる。

「もっと彩子を感じたい。もっと深く繋がって……二度と俺から離れられなくしてしまいたい」

耳元に寄せられた唇から紡がれるのは甘く淫靡な欲望。

直接頭の中に注ぎ込まれ、疼きが一気に加速してきた。こくりと喉が鳴ったが、橙吾がそれを聞き逃すはずがない。喉笛にやんわりと歯を立てられた。

「んんっ……」

噛みつかれた場所に柔らかく湿った感触が這わされる。ひとしきり舌先でくすぐってからゆっくりと滑り落ちていき、今度は右の鎖骨を甘噛みされた。

「あぁ、もうここが美味そうになっているな」

「や……っ、きゃう……っ！」

これでは湯に浸かった意味がない、と文句を言いたいのにうまく言葉が出てこない。その代わり、いつの間にか存在を主張しはじめた胸の先端を食まれ、高い声で啼いた。

じゅ、と音を立てて吸いつかれた瞬間、全身を鋭い刺激が駆け巡る。もう一方も大きな手で卑猥な形に変えられる様が霞んだ視界の端に映った。

昨晩は緊張でほとんど眠れていない。しかもこれまでも散々啼かされているせいで休息を欲していた。だが、それと同時に続々と湧き上がってくる疼きが身体を火照らせ、更なる高みを望んでいる。

相反する願望に翻弄される彩子は身をくねらせ、行き場を失くした手がシーツに幾筋もの皺を作った。

「だっ……いごく、ん…………そこっ、は……だ、めぇ…………っ！」

大きく開げられた脚の付け根に橙吾が顔を寄せようとしているのに気づき、咄嗟に手を伸ばす。だが、指先が前髪を掠めただけであえなく失敗に終わった。

ひくひくと戦慄《わなな》く場所を熱い吐息が撫でる。たったそれだけでとぷりと蜜が溢れてきた。どうか気づかれませんように、という願いもむなしく、尖らせた舌先がそれを掬《すく》い上げる。

「ひぅ……っ！」

指とは明らかに違う、柔らかくてしっとりした感触が蜜壺の入口をくすぐる。かと思いきや舌全体でべろりと舐め上げられ、彩子は激しく身悶えた。

「やあ……っ、きたな、い……か、らぁ……っ」

そのまま敏感な粒まで舌でくすぐられるせいで腰が勝手に揺れる。更に蜜が零れ落ちてくるのを感じて、橙吾の頭をなんとか引き離そうとした。だが、相手の方が一枚上手だったらしい。前髪を乱されているのも構わず唇を押し当て、音を立てて吸い上げられた。

羞恥と快楽に翻弄され、徐々に視界と思考が霞んでくる。抵抗する力を失った手がとさりとシーツに落ちると、ようやく橙吾が身を起こした。

「風呂上がりなのに汚いわけないだろ」

「ひゃっ」

お腹の柔らかな場所に柔く嚙みつかれ、思わず高い声が出る。普段の彩子であれば決して発しない、甘く鼻を抜けるような喘ぎを聞き、橙吾が満足げに微笑んだ。

「はぁ……ほんとその声、堪んないな」

逞しい肉体が彩子の前に迫ってくる。それと同時に戦慄きを残す場所に熱く硬いものが押しつけられた。

「あっ……ん、んんっ………」

いつの間にか用意を整えられた肉茎がずぶずぶと打ち込まれていく。内臓を押し上げられるような圧迫感は初めての時から変わっていない。だけど、これが橙吾と深く繋がる合図のような気がしてからは不思議と嫌ではなくなっていた。

「あぁ、やっと俺の形になってきたな」

「か、たち……？」

「前はこんなにすんなりと奥まで吞み込めなかっただろ……ほら」

「あぅっ……！」

たしかにもう腰がぴったりと重ねられているのがわかる。奥を小突かれ、彩子はびくりと身を震わせた。

小刻みに腰を揺らす動きは一見すると緩やかなのに、着実に疼きが溜まっていく。熱の逃がす先を探して空を彷徨った指が大きな背中に触れた。

これまでの彩子であれば橙吾に促されるまで動かずにいただろう。だけど今はもう我慢できそうにない。腕を伸ばして力いっぱい抱きしめると、耳元で悩ましげな吐息が零された。

「はやく……なにも着けずに繋がりたい」

艶を帯びた、それでいて切なさを覚えさせる囁きに心臓が大きく跳ねる。

その言葉の意味がわからないほど彩子も鈍くはない。堪らず零された想いに触れ、涙がこみ上げてくる。

「あの、ね……」

気がついた時にはそんな言葉が唇から飛び出していた。橙吾は「ん？」と応えながら顔を覗き込んでくる。

あぁ、これでもう引き返せない。違う、引き返したくない。

――もう二度と、後悔したくない。

その想いは十年前に胸の奥底へと封じ込め、朽ち果てるのを待っているだけだった。

隙あらば逃げようとするそれを喉奥から引っ張り出し、必死の思いで声に乗せる。

「橙吾君が、好き」

十文字にも満たない言葉を伝えるのにこんなにも勇気が必要だなんて初めて知った。だけどもうこれで取り消せない。ずっと曖昧だった、わざと曖昧にしていた気持ちの輪郭がはっきりしたのを自覚する。

橙吾はほんの一瞬だけ目を見開き、すぐさまいつもの余裕そうな笑みを浮かべた。

「……知ってる」

「ずっと、好きだった」

「それも知ってる」

なにを今更、とでも言いたげな口調で告げた唇が軽く彩子のものに重ねられる。わざと音を立ててキスしてから「でもな」と囁いた。

「残念だが、俺の方が好きだからな」

「そんなこと、ないよ」

「だったらどうして離れようとしたんだ。俺のことも信じていなかったよな」

なにも言わずにいなくなったことや茉弥香との一件を持ち出され、彩子はうっと言葉を詰まらせる。ほら見たことか、と言わんばかりに唇を噛まれ、彩子はぴくりと身を震わせた。

「……ごめんなさい」

「反省したなら、もう二度とそんな馬鹿げたことを考えるな」

「馬鹿げたって……」

たしかにそうかもしれないが、彩子なりに真剣に悩んだ末に出した結論をそんなふうに言われるのは心外だ。さすがにむっとすると、大きな手に両頬が包まれた。

「いいか。彩子は俺の妻になるために生まれてきたんだ」

まるで言い聞かせるようにゆっくりと、そしてはっきりとした口調で告げられる。

彩子と橙吾の祖父がそんな約束をしていたのは紛うことなき事実で、幼い頃から散々そう言われてきた。

だけどまさか、橙吾がここまで想っていてくれたなんて。

溢れそうになる涙をなんとか目の縁で堪えていると、ぼやけた視界の先で端整な顔がふっと笑みを浮かべた。

「彩子を他の男に渡すつもりはない。もし逃げてもすぐに連れ戻すからそのつもりでいろよ」

「そんなこと、しないよ……」

「懸命な判断だ。次はもう……手加減できそうもないからな」

不穏な宣言と共に喉笛を柔く食まれる。痛いはずなのになぜか内側がぎゅっと引き絞られた。それは当然ながら橙吾にも伝わり、喉奥でくっと笑われる。

「やっぱり彩子は痛い方が感じるみたいだな」

「そっ、そんなことないっ」

痛いことはできるだけ避けたいので完全なる誤解だ。変わった嗜癖《しへき》があると勝手に決めつけないでほしい。即座に否定したというのに、にやりと笑った橙吾が更に腰を寄せてきた。

「あっ……………や、んん…………っ」

最奥を先端で押し潰され、びりっとした感覚が身体の中心を貫いていく。堪らず喘ぎ声を上げながら捩った身体はあっさりと組み敷かれる。

「ほら、こうすると反応がいいだろ」

「ち、がっ……！」

これは橙吾がするから、橙吾が彩子へとなにかを刻みつけようとするのが嬉しいから。でもそれを口にするのはさすがに恥ずかしい。

本当はもっと文句を言いたいけど、結局はぷいっと顔を逸らすという稚拙な抵抗しかできないのが悔しかった。

「彩子？」

「……もう知らない」

「悪かったって。感じてくれるのが嬉しくて調子に乗った」

ごめん、と囁いて何度も頬にキスされては怒りを維持するのが難しい。それでも渋々といった様子で顔を元の位置に戻すと、尖らせた唇にちょんとキスされた。

「はぁ……どうして彩子はこんなに可愛いんだろうな」

「そんなふうに言ってくれるのは、橙吾君だけだよ」

「そうか？　小さい頃からずっと可愛いぞ？」

どうしてそんな恥ずかしい台詞を平然と言えるのだろう。どう返したらいいのかわからず固まっていると逞しい胸元にきつく抱き込まれた。

「悪い。そろそろ……限界だ」

「えっ？　あっ……んっ………っ」

ずっと奥まで咥え込んでいたものがずるりと抜けていく。肉襞が絡みついて追い縋《すが》り、淫らな水音が立った。入口近くまで戻っていった怒張が再び強めに押し込まれる。濡れた素肌がぶつかり合う音と共に身体の中心を貫かれ、一度は落ち着いたはずの疼きが急激に勢いを増した。

「あっ……橙吾、くっ………もっ……だ、め……っ」

「俺もだ……ほら、先に、イけっ……！」

律動の速度が一気に上がり、ひときわ強く押しつけられた瞬間――弾け飛んだ。

まるで空中に放り出されたかのような浮遊感、そして遅れてお腹の奥で熱が広がっていく。

「………愛してる」

絞り出すような声で告げられた言葉だけが、沈みゆく意識の中でしっかりと耳に残された。

◇◆◇

薄暗い寝室で聞こえるのは小さな寝息。

橙吾は規則的で穏やかなその音にしばし耳を傾けていた。

無防備に眠る姿を目にするたび、初めて会った日の記憶が今でも鮮やかに蘇ってくる。

橙吾は四歳の時、祖父から「親友の孫娘の誕生日を祝う」と三浦家に連れて行かれた。そこには何度か顔を合わせたことのある祖父の親友とその長男夫婦、そしてベビーベッドで眠る小さな赤ん坊がいた。

一歳の頃のお前はもっと小さかった、などと言われたが正直ピンとこない。物珍しさからしばらくベッドを覗き込んでいるともぞもぞと動き出し、遂には目を覚ました。

そしてずっと観察していた橙吾と目が合うなり――にっこりと笑ったのだ。

必死に伸ばされる手につられて人差し指を差し出すと、思いのほか強い力で握られる。そのまま機嫌よさそうにきゃっきゃと声を上げる様を眺めていると、胸のあたりが感じたことのない熱を帯びているのに気がついた。

――持って帰りたい。

痛いでしょう、と言って半ば強引に繋がりを解かれると、ずっとご機嫌だった赤ん坊は火がついたように泣き出した。落ち着かせてくると別室に連れて行かれるのを目の当たりにした途端、そんな欲望が突如として湧き上がってきた。

今思い返してみれば、あれは運命だったのだろう。

彩子はこの世に生を享け、結ばれるべき相手と出会えて喜んでいたのだ。橙吾もその気持ちに応えるべく努力を続けてきたつもりだった。

それがまさか、予想だにしなかった形で失うことになるとは。

——やっと取り戻せた。

彩子と直接顔を合わせるのは十年ぶりだったが、ずっと動向は把握していた。

ネクサス製作所の経営から三浦家が手を引くと知った時、すぐさま彩子のスマホに電話をかけた。だがすでに手遅れで、無機質な声が繋げない旨を伝えてきた。それならばと別の番号から電話をかけたりメールを送ったりしてみたものの、どれもこれも梨の礫《つぶて》。すべては徒労に終わった。

——こんなことになるなら、連れてくるべきだった。

開封されることなく返送されたエアメールを破り捨てながら激しく後悔した。

たしかに彩子の父親は学者気質で、あまり経営には向いていないというのは加々良家でも認識していた。だからこそ橙吾と彩子が夫婦になってその点を補えばいいと思っていた。

そんな目論見が彩子の祖父が急逝したことによって崩れてしまったのだ。

留学の件も相当悩み抜いた末での決断だった。本当は彩子と離れたくない。だけど素直に伝えられず、冗談交じりに一緒に来るかと訊ねるのが精一杯だった。

『無理だよ。英語が苦手なのは知ってるでしょ？』

そう答えた彩子は不機嫌丸出しの顔をしていた。目を潤ませ、今にも泣きそうになっているのが可愛くて堪らない。このまま攫《さら》ってしまいたいという欲望を必死で抑えながら出発ゲートを通り抜けたことは今でもはっきり憶えていた。

彩子からの連絡が途絶えてからの橙吾は、とにかく勉強に没頭した。そして帰国してからは仕事に打ち込み、会社では実力でのし上がって立場を固め、自分の妻となるべくして生まれた彩子を取り戻す機会を窺い続けていた。

短大を卒業したら仕事を求めて東京に戻ってくるだろう、という予想は当たったものの、郊外の工場を就職先に決めたのにはさすがに驚いた。もっと都心に近くて待遇のいい企業からも内定をもらったと報告があったのに。まるで橙吾のいる場所を避けるような選択に少なからずショックを受けた。

――戻ってこないのであれば、迎えに行く。

彩子が就職した企業を調べると、先行きが明るいとは言えない経営をしている。幸いにも技術力の高さには定評があったので、傘下に迎え入れるという提案はあっさりと承認された。

残るは会社という檻《おり》から逃げ出す前に彩子を捕まえるだけ。

提案した責任があるから、とやや強引な口実をつけて譲渡のプロジェクトに参加し、向かった先にいたのは——淡々と仕事をこなしている許嫁の姿だった。

社会人としてはなにも間違っていない。だが、溌剌《はつらつ》とした少女の姿は見る影もなく、できるだけ周囲に存在を認識されたくないかのように振る舞っている。

東京を離れたあとの彩子は身上を知られるのを避けているようだ、という報告があった。その影響だろうとはすぐ察しがついたものの、ごく淡い表情しか浮かべない様を目にするたびに後悔の念が浮かんでしまう。

しかも彩子は——明らかに橙吾を避けている。

まずは存在に気づいていることを伝えるべく見つめてみた。最初こそ視線に気づくなり驚きの表情を見せたものの、そのあとは目が合っても気まずそうに逸らされてしまう。挙句の果てには完全に無視されてしまい、あっという間に我慢の限界が訪れた。

二人きりになってもなお、彩子は他人行儀な態度を崩さない。

——絶対に逃がさない。

よそよそしい口調と逃げ腰の態度に耐えられなくなり、思わず強引にキスしてしまった。

そこまでしてようやく見せてくれたはっきりとした表情を目の当たりにして、申し訳なさより満足の方が勝ったと知ったら、彩子は怒るだろうか。

想定外の事態はいくつか起こったものの、ようやく素直になってくれた。

「……あぁ、忘れるところだった」

ぐっすりと眠る彩子を眺めていたせいだろうか。こちらまで眠くなってきた。浮かせていた背中をベッドに預けようとした瞬間、重要なことを失念していたのに気づき、再び身を起こす。

ベッドサイドのテーブルに腕を伸ばしてその下にある抽斗《ひきだし》を引く。

目を覚ました彩子が「これ」に気づいた時、どんな顔をするだろうか。

中に入れておいたものを手にした橙吾の顔には愉悦の笑みが浮かんでいた。

◇◆◇

「ん…………」

小さく呻いた彩子がのろのろと瞼を持ち上げる。見慣れない天井をしばらく眺めているとようやくここがどこかを思い出せた。

随分と深く眠っていたらしく、まだぼんやりとしてはいるが気分は悪くない。

ただし——身体の方はとてもコンディションがいいとは言えなかった。

「い、たた……っ、よい、しょ、っと」

腕に力が入らず、少し体重をかけただけで倒れそうになってしまう。その上、腰も重いし脚の付け根部分は動くたびに軋《きし》んでいる。

なんとかバランスを取って起き上がると、扉の向こう側に人の気配が動くのを感じた。

「彩子、入るぞ」

「あ……っ、うん」

はたと下を向くと、なにも着ていないことに気づく。慌てて胸元まで布団を引き上げると同時に扉が開いた。

部屋着姿の橙吾がミネラルウォーターの瓶を手に入ってくる。甘い笑みを向けられた途端、昨夜の出来事が色鮮やかに蘇ってきた。

——そうだった。私、遂に……。

頬がじわじわと熱くなってくるのを感じて目を伏せると、橙吾がベッドサイドに腰を掛けて顔を覗き込んでくる。

「おはよう。といっても、もう十一時だけどな」

「えっ……もうそんな時間？　急いで支度しなきゃ」

今日は日曜日で、明日は普通に出勤しなくてはならない。移動の時間を考えると今すぐにでも出発したいはず。ベッドから下りるべく身を乗り出すと、橙吾にやんわりと制された。

「焦らなくて大丈夫だ」

「でも……」

「まずは食事にしよう。さすがにお腹が空いてるだろ」

やや強引に渡された水を飲むと空っぽの胃に落ち、じんわりと染み込んでいく。その刺激でお腹が鳴りそうになり、彩子は素直に同意するしかなかった。

「起こしてくれてよかったのに」

「声はかけたぞ？　でも反応がないし、ぐっすり眠っていたからそれ以上はやめておいたんだ」

「そっか……ごめんね」

茉弥香との一件があって以来、ずっと眠りが浅かった。昨日に至ってはほとんど眠れていなかったので、その反動が出てしまったのだろう。

「東京に戻ったらやるつもりだった仕事は片付いた。だから気にするな」

「うん、ありがとう」

急ごうとは思っているが、いかんせんこの身体では素早く準備するのは難しいだろう。

もう少し手加減するようにお願いするべきだった。そんな反省をしながら左の頬にかかった髪を払いのけると、視界を見慣れないものが横切った気がする。

今のはなんだったのだろう。違和感の正体をたしかめるべく左の掌に視線を落とした彩子は、薬指の付け根に金色の光が巻き付いているのを見つけて目を丸くする。

——これって……まさか？

おそるおそる手をひっくり返すと、今度は透明な輝きが目に飛び込んできた。

「…………え？」

見覚えはないし、当然ながら着けた記憶もない。

だけどひと目で高級品だとわかる指輪を、この指に黙って嵌《は》めそうな人物には心当たりがあった。

見上げた先にあるのは、やけに満足そうな笑顔。「してやったり」と言わんばかりの橙吾を思わずじろりと睨みつけてしまった。

「橙吾君……どうして寝ている間にそういうことするの？」

「彩子を驚かせたかったから」

やっぱりそうか！　加々良橙吾は世間的には冷静沈着でどんなトラブルにも動じない人物だと言われているが、悪戯好きなのは昔から変わっていない。

「いつサイズを測ったの？」

「それはもちろん、彩子が寝ている時に決まってるだろ」

あまりにもフィットしすぎていたので、目にするまで気がつかなかった。その点に関してはさすが高級品、と言わざるを得ない。

「デザインは結構悩んだんだぞ。でも、悩んだ甲斐があったな」

「えっ、橙吾君が考えたの？」

「彩子に贈るものなんだから当然だろ」

多忙な橙吾が彩子を想ってデザインを悩んでくれたのは素直に嬉しい。

左手を取られ、薬指の付け根を優しく撫でられる。橙吾の満足そうな横顔を見ているうちに、段々と腹立たしい気持ちが薄らいできた。

「気に入ったか？」

きっと普通の人なら「気に入らなかった？」と訊ねるのだろう。その自信満々な質問を不快に思わないくらい、彩子の好みにぴったりだった。

「うん。嬉しい……ありがとう」

いつになく素直な返事が意外だったのか、橙吾は僅かに目を瞠る。そしてすぐに余裕の笑みを浮かべると左手の甲に唇を落とした。

「できるだけ早く、結婚しような」

待ち遠しくて堪らない、と言わんばかりの口調に胸がいっぱいになる。口を開いたら泣いてしまいそうだったので、彩子は黙って何度も頷いた。

第四章　没落令嬢の覚悟

「彩子、着いたぞ」

肩を優しく揺らされ、眠りの海を揺蕩《たゆた》っていた意識がゆっくりと浮上していく。のろのろ瞼を持ち上げながら隣に預けていた身を起こし、窓の外へと視線を向けた。そこにある見慣れた景色をしばし眺めているとようやく意識がはっきりしてくる。

「あ……ごめんね。すっかり寝ちゃってた」

「気にするな」

大きな手が髪を梳くようにして整えてくれる。そんな些細《ささい》な触れ合いでも照れくさくなってしまうのは、きっと想いを伝え合ったせいだろう。彩子が顔に出ないよう必死で堪えていると、親指がきゅっと引き結んだ唇を優しく撫でた。

「まぁ、起きなかったらマンションに連れて行ったんだがな」

「そ、それは困るっ！」

明日は月曜日だが仕事に行くための用意はなにもできていない。それに、一人になってゆっくり考えをまとめるべきことが沢山あるのだ。

そのあとはしっかり車窓をチェックしていたのが功を奏したのか、彩子は無事に自宅アパートへと帰宅することができた。

「…………はぁ」

昨日の朝、ここを出た時は酷く気が重かった。しかもその日のうちに帰ってくるつもりだったのに、一泊しただけでなくこんな遅い時間になってしまうとはあまりにも予想外で、思わず深い溜息が零れてしまう。

とはいえ、気分は悪くはない。むしろずっと胸に居座り続けていた靄《もや》が晴れてすっきりとしていた。

「ええと……作り置きはなにがあったかな」

まずは明日の朝食とお弁当の下準備をしなくては。ショルダーバッグをダイニングの椅子に置いてから冷蔵庫へと手を伸ばす。ストックされている食材をざっと眺めて素早く献立を組み立て、解凍するためにいくつかのパックを冷蔵エリアの方へと移動した。

――結婚したら、料理はできなくなるのかな。

加々良家には大勢の使用人がいたと記憶している。その中には当然ながら専属の料理人もいるので、素人が手を出すわけにはいかないだろう。

引っ越すまでは学校の調理実習くらいでしか包丁を握ったことがなかった。だから日々の食事作りは母と一緒に悪戦苦闘していたが、今は家事の中でも得意と言えるものになっていた。

——橙吾君は昔から好き嫌いがないから、色々な料理を食べてもらいたいな。

だから、しばらくの間だけ二人きりで暮らすのも悪くないかもしれない。そんなことを考えながら手を動かしていることに気づき、一人で顔を赤らめてしまった。

帰り道の車中は「この先」についての話し合いに終始した。

橙吾は業務の引継ぎを終え、事業譲渡が完了するタイミングで入籍する点だけは譲らないという。むしろそれさえできるのであれば、他の点に関しては彩子の意思を尊重すると約束してくれた。

仕事や結婚式や、結婚に付随する諸々をひとまず置いておけるのは有難い。だが、その入籍もまた難関なのは事実だった。

母親からはしきりに「いい人はいないのか」と訊ねられるくらいなので結婚そのものは歓迎してくれるだろう。

ただ、その相手が橙吾だと知ったらどんな反応をされるのかがわからない。

加々良の名前を聞いて父親がまた体調を崩してしまわないだろうか。もしくは橙吾が相手なのであれば結婚を許さない、と言われたりしたら……？

——でも、決めたんだ。

話し合いをはじめた時は本当にこれでいいのか、まだ少しだけ迷いが残っていた。だが、橙吾もその懸念点については考えていたらしい。もし彩子の父親が拒否反応を示すようであれば、両家の関わりは極力減らすようにする、と約束してくれた。

それならきっと納得してくれるはず。いや――橙吾がここまで譲歩しているのだから、納得してもらえるまで話し合おうと決意した。

家族が大事なのはずっと変わらない。だけどもう彩子も独り立ちした大人なのだ。悩み抜いた末の選択を簡単に諦められるはずがない。

そう覚悟を決められたのは、橙吾が真っ直ぐに想いをぶつけてくれたからに他ならない。連絡を一方的に絶ったことについても状況を考えれば仕方なかった。むしろ追い詰めるような真似をして申し訳なかったとまで言ってくれた。

この先、これほどまで彩子を大事に想ってくれる人は絶対に現れない。この二日間でそれを思い知らされた。

だからこの先、どんな困難が待ち受けていようとも乗り越えてみせる。

かつては辟易していた社交界でもうまく立ち回ってみせるし、注目されるのにも橙吾と一緒なら怖くない気がした。

久しく感じていなかった闘志にも似た高揚感を覚え、彩子はいつも以上に手際よく明日の用意を進めた。

◇◆◇

その日も普段とはなにも変わりはなかった。

いつもと同じ時間に起床して、いつもの通りに身支度をして出勤、いつものように黙々と仕事を片付けて帰宅した。

そして出た時と同じように玄関扉に鍵を差し込んだ瞬間、彩子はびくりと身を震わせた。

――鍵が、開いている。

もしかしてかけ忘れた？　いや、少し急いでいたが、戸締まりだけは常に気をつけている。

ありえないと思いながらも絶対かと問われたら自信がない。彩子は全身に緊張を漲《みなぎ》らせながら静かに扉を開いた。

背後から差し込んだ夕陽が床に散乱した食器やカトラリーを照らす。割れた皿の鋭利な破片が光った瞬間、ひゅっと喉が鳴った。

――どうしよう。どうしたらいいの。

激しい鼓動が耳の奥で鳴り響き、なにも考えられない。後ずさった彩子の前で扉が閉まる。

通路の手すりに背中がぶつかるとそのままへなへなと座り込みそうになった。

――電話、しないと。

肩に掛けていたトートバッグに手を入れたが、スマホがどこにいったのかわからない。散々かき回してからようやく指先に覚えのある感触が触れる。ようやく取り出したものの、彩子は真っ暗な画面を見つめたまま動きを止めた。

——どこにかければいいんだっけ。

とても短くて単純な番号だったはずなのに思い出せない。とりあえず、という気持ちで画面のロックを解除しようとすると、不意に画面が明るくなる。

「えっ……」

動揺のあまり都合のいい幻覚を見ているのだろうか。でも、この際はそれでも構わない。半ばやけっぱちな気分で通話ボタンをタップした。

『もしもし、彩子？』

「あ……う、ん」

『なにかあったのか？』

橙吾は帰り道の車中から必ず電話をくれる。彩子の様子がいつもと違うことに気づいたらしい。低い声で問いかけられた。

「え、えっと……あの、帰ってきたらアパートの鍵が開いていて、へ、部屋が、荒らされているかも……あ、でも、全部は見てな……」

『今どこにいる。部屋の中か？』

「ううん。外っていうか、玄関の前」

『彩子いいか、部屋に入らないでそのまま階段を下りるんだ』

「でも……」

『大丈夫だ。だから言う通りにしてくれ』

ゆっくりと言い聞かせるような口調につられ、彩子は階段に向かって歩き出す。手すりに掴まりながら一段一段、慎重に下りていった。

「一階まで来たよ」

『いい子だ。今、周りに人はいるか？』

問われるがままぐるりと周囲を見回す。ちょうど帰宅ラッシュという時間帯のせいか、駅の方からちらほら人が歩いてきている、と伝えた。

『あと五分くらいで着く。自転車置き場の近くにいてくれ』

「うん……わかった」

彩子を落ち着かせるためだろう。橙吾は通話を切らずに「国道の交差点を曲がった」や「ガソリンスタンドの前を通過した」と着実に近付いていることを教えてくれる。その後ろで途切れ途切れに福場の声が聞こえるが、なにを言っているかまではわからなかった。

最後のT字路を曲がったという報告と共に車のエンジン音が近付いてくる。見慣れた黒のセダン車が停まると同時に後部座席の扉が開かれた。

「彩子！」

名前を呼ばれた瞬間、弾かれたように駆け出す。

広げられた腕の中に飛び込むときつく抱きしめられた。

「もう大丈夫だ。警察もじきに来る」

「けい、さつ……」

背中を優しく撫でられ、自分が震えていることに遅ればせながら気づく。

そうだった。こういう時は最初に警察に連絡しなければならなかった。

車の中で待とう、と促されて後部座席に乗り込むと、運転席から振り返る福場の心配顔が待ち構えていた。

「彩子様、お怪我はございませんか」

「あ……それは、大丈夫、です」

「ご無事でなによりです」

ほっとした表情を浮かべた福場は前を向き、スマホを手にするとどこかに電話をかけはじめる。きっと橙吾の予定を調整しているのだろう。

彩子は徐々に冷静さを取り戻していく。空き巣くらい自分で対処すべきだった。多忙な橙吾に時間を取らせてしまったのが段々と申し訳ない気持ちになってくる。

「あの、ごめんね。迷惑……かけちゃって」

「そんなことは気にしなくていい」

橙吾はきっぱり言いきると彩子を抱き寄せた。胸元に押しつけられた額から激しい鼓動が伝わってくる。どれだけ心配していたかを教えられたような気がして涙が出そうになった。

「橙吾様、到着しました」

福場の声に顔を上げると、派出所のある方向から制服姿の警官が駆けてくるのが見える。

橙吾に頬を撫でられてそちらへ視線を戻すと、気遣わしげな眼差しとぶつかった。

「俺だけで対応してもいいが、どうする？」

「あっ、あとは私一人で大丈夫だよ」

これから部屋の中を調べたり、色々と訊かれたりするのだろう。下手をすれば深夜までかかってしまうかもしれないので、そこまで付き合わせるのは大いに気が引けた。

警察の人も来てくれたのでもう心配ないというのに、橙吾はすっと表情を険しくした。

「この状況で俺に帰れというのか」

「う、うん。だって、大事な仕事があるんでしょ？」

「彩子より大事なものなんてあるわけないだろ」

少し怒ったような口調でそう告げると、橙吾は素早く車を降りていく。慌ててあとを追い、警官と話をはじめた橙吾の隣に並び立った。

ひと通りの状況を話し終える頃には更に警官が合流し、最終的には三人になる。まずは現場を確認させてほしいと言われ、一行は三階へと移動した。

「部屋の中のものをなにか触りましたか？」

「いいえ、玄関から中の様子を見ただけで……すぐ引き返しました」

「いい判断でしたね。安全確認のために、我々が先に入らせていただきます」

玄関を入ってすぐの場所で食器が割れていたことを伝えると、玄関扉が開かれる。もしかして彩子の見間違いなのでは、という淡い期待は見事に打ち砕かれた。

「いやぁ、随分と派手にやられていますね」

警官が部屋をチェックし、中に人がいないのを確認してから橙吾と彩子が続いた。

「これは、うーん……盗みというより、嫌がらせの可能性が高いかもしれませんね」

「えっ……」

検分を済ませた警官にそう告げられた瞬間、彩子は小さく息を呑む。肩を抱く手にぐっと力が籠もるのを感じて隣を見上げると、橙吾が険しい表情を浮かべていた。

「そう考える根拠はなんでしょう」

「テレビやノートパソコンといった換金性の高いものが残されていますし、どの場所もまんべんなく荒らされているんですよね」

最初にやって来た警官がそこで言葉を切り、部屋をぐるりと見回した。

「こういった場合、なにか特定のものを探していた。もしくは荒らすことそのものが目的である場合が多いんです。なにか心当たりはありますか？」

そう言われた瞬間、勝ち誇った派手な顔が脳裏をよぎる。いや、まさか。いくらなんでもそれはありえない。でも嫌な予想は何度打ち消しても浮かんできた。

「ええっと、あの……」

「彩子、顔が真っ青だ。俺が話をするから車で休んでいてくれ」

腰に回された腕によって半ば強引に外へと連れ出される。そして待機していた福場に彩子を預けると、橙吾は再びアパートへと戻っていった。

しばらく休んだあとのことはあまりにも目まぐるしくてよく憶えていない。言われるがままになくなったものを調べ、盗難届と器物破損の被害届を出した。

そして――。

「……彩子」

静かな声で名を呼ばれ、はっと我に返る。スプーンを持った手が宙に浮いたまま動きを止めていたのに気づき、溜息と共にテーブルへと戻した。

「無理はしなくていい」

「うん……せっかく用意してくれたのに、ごめんね」

すべての処理が終わったのはすでに深夜と呼ばれる時間だった。

彩子はすぐに片付けをはじめるつもりだったのだが橙吾に止められ、強引にマンションへと連れてこられたのだ。

正直、まったく空腹を感じていない。それでも少しは食べた方がいいだろうと機械的に手と口を動かしていたのだが、知らない間に止まっていた。

「ご両親のところには人を遣った。すべて片付くまではこのままにするから心配しなくていい」

「ありがとう……」

警官からなくなったものはないか確認するよう言われた時、正直なところ彩子はどこを調べたらいいか困ってしまった。

金目のものの筆頭である婚約指輪はチェーンに通してネックレスにしているし、家にはほとんど現金を置いていない。

しかも、契約している銀行口座は通帳ではなくスマホアプリで残高を見るタイプ。キャッシュカード類は持ち歩いていたので、盗めるとすればせいぜい印鑑くらいだろうという予想は見事に当たっていた。

だがなんと、空き巣が盗んでいったものはそれだけではなかったのだ。

なにげなく実家から届いたばかりの段ボールをたしかめてみると、伝票が剝がされていることに気がついた。

――やっぱり、錦田さんが指示したんだ。

これで疑惑は確信へと変わる。橙吾に伝えるとすぐに対応すると約束してくれた。迅速な対応に両親の無事は電話で確認してあったが、今後も安全かどうかはわからない。心の底から感謝していると、ようやく少しだけ肩の力が抜けた気がした。

ソファーの隣に座った橙吾の手が肩へと回され、優しく引き寄せてくる。その力に抗うことなく寄りかかると、つむじのあたりにキスが落ちてきた。

「悪かった。まさかこんな強硬手段に出てくるとは思わなかったんだ」

「うん……びっくりしたけど、橙吾君が謝ることじゃないよ」

「いや、これは俺の責任だ。できるだけ早く片を付けると約束する」

「……ありがとう」

橙吾のマンションに着くなり、すぐさま浴室へと押し込まれた。たしかに緊張と混乱で変な汗をかいてしまったので流せるのは有難い。遠慮なく入らせてもらっている間に、橙吾が各方面に指示を出していたのが察せられた。

この件が茉弥香の嫌がらせだと確信している理由は他にもある。

盛大に中身がぶちまけられた本棚の周囲にはビリビリに破かれた写真の破片が散らばっていたのだが、それらはすべて――橙吾と彩子が写っているものだったのだ。

わざわざアルバムの中からそれだけを選び、修復不能なくらい細切れにするなどとても正気の沙汰とは思えない。逆をいえば、それだけ茉弥香は本気で彩子を排除しようとしているのだろう。

「彩子、しばらくの間はここに住まないか？」

「えっ？　でも、これ以上迷惑をかけるわけにはいかないよ」

「迷惑なわけないだろ。むしろここにいてくれ……俺を安心させるために」

いつになく真剣な声で懇願され、出かかっていた断りの言葉が舌先からしゅわりと消えていく。

今回は部屋を荒らされるだけで済んだが、次はなにをされるかわからない。両親へ簡単に近づけないとわかったら、きっと彩子への攻撃が激しくなるだろう。

だから身の安全を確保するためにもここに住んでほしい、というお願いを跳ね除けられるわけもなく、彩子は小さく頷いた。

「それから、部屋の片付けは俺の家の人間に任せてほしい」

「……………う、ん」

一瞬迷いはしたものの、正直に言えばこの申し出はとても有難かった。

なにせただでさえ狭いアパートの床が、文字通り足の踏み場がない状態になっているのだ。しかも割れた食器など取り扱いに注意が必要なものも沢山あるので、すべてを片付けるにはだいぶ骨が折れるだろうと想像し、憂鬱になっていた。

「壊れているものは全部処分でいいな？」

「うん、大丈夫」

「残りは一応確認してもらうが、本当はすべて処分させたい」

「えっ、どうして？」

家具類はことごとく壊されていたが、衣類や本はそこまで被害が酷くなかったはず。彩子がそう指摘したというのに頭上にある顔は相変わらず険しい表情を浮かべていた。

「壊れていなくても、不届き者が触れたものを彩子に使わせたくない」

「その気持ちは、わかるけど……」

特に衣類には洗っても取れない嫌な記憶がこびりついてしまった。さすがに下着類は処分するしかないと覚悟していたが、橙吾の考えはそれを遥《はる》かに上回っていた。

遂には買い替えにかかる費用はすべて負担する、とまで言われ、しばしの押し問答の末、仕事着はこれまで通りのファストファッションで揃えることを条件に受け入れることにした。

まだまだ考えるべきことがあるが、残念ながらもう気力は残っていない。目を閉じ、視界と思考を遮断すると橙吾に寄りかかった。背中を優しく撫でられているうちにじわりと目の縁に涙がせり上がってくる。

「……写真、なくなっちゃった」

部屋を荒らされたのはもちろんショックだった。だが、家具や服にはさしたる思い入れがない。そんな中で唯一、橙吾や加々良家の面々と一緒に撮った写真を破られたことだけが悲しくてたまらなかった。

　小さなアルバムに収められたそれらの中には、橙吾からコピーをもらったものの他に、彩子が両親にも知られないようこっそりと保管していたものもあった。彩子しか持っていない写真だったので、それを失った悲しみはあまりにも大きい。

「大事な思い出だったのに……」

　彩子にとって心の支えになっていたのは事実。それを細切れにされ、優しい記憶を奪われた気分だった。

　全身を包む温もりにつられ、ぽつりぽつりとネガティブな気持ちが唇から零れ落ちていく。息を吸った拍子にひくりと喉が鳴り、それに呼応するかのようにきつく抱きしめられた。

「これから俺達はずっと一緒だ。思い出はまた作っていけばいい」

「…………うん」

　いつになく柔らかな声が胸にじんわりと染み渡っていく。再び頭頂にキスされ、顔を上げると目尻に唇が押し当てられた。

　今度は瞼や額、鼻先に軽やかなキスが降ってくる。彩子を慰める慈雨のような口付けがさっきとは違う種類の涙を湧き上がらせた。

「橙吾、く……んんっ…………」

　呼びかけは荒々しい口付けによって奪われ、頭の芯がじんと痺れてくる。緩んだ唇の合間から舌がねじ込まれ、上顎の内側をねっとりと舐められた。酸素を求めて離れようとした身体は素早く引き戻される。大きな手が後頭部に回され、退路を完全に塞がれてしまった。

「んっ……ふ、あぁ…………っ」

こんなことをしている場合ではないし、そんな気分にもなれない。だが、激しく甘い口付けに否が応でも身体が反応してしまう。拒もうと腕を摑んだ手で自然ときつく握りしめてしまった。

全身から力が抜け、橙吾に身を委ねるとそのまま抱き上げられる。素早く寝室へと運ばれた彩子はあっという間に一糸纏わぬ姿にされた。

「あっ……まっ、て……ん、んん……っ！」

たどたどしい制止の声はまったく意味をなさず、素早く唇を塞がれ、同時に右の膨らみが揉みしだかれる。

外側から内側へ掬い上げるように動く手は大きさに反して繊細な動きをするのは知っている。形のいい爪が先端を掠めるたびに彩子の口からくぐもった喘ぎが上がり、刺激を与えている男へと粘膜を通じて伝えられた。

「こうされるのが好きだよな。ほら……もう硬くなってきた」

「そん……なっ、こ……と…………ひぅっ！」

もう片方は口で愛でると決めたらしく、橙吾は僅かに柔らかさを残す尖りに音を立てて吸いついてくる。舌先でちろちろと舐められ、身悶える彩子の指が橙吾の髪をかき交ぜた。

再会してからこの髪に触れた時、昔と感触が違うことに驚いたのを不意に思い出す。快楽を逃がそうとしたのか、手に触れているものをかき抱いてしまった。

「……んぁっ！」

次の瞬間、すっかり芯を持った先端に軽く歯が立てられた。びり、と背中に電流に似たものが走り抜ける。声と腰を大きく跳ねさせた彩子を橙吾がきつく抱きしめた。

「はぁ……どうして俺の彩子は可愛いことばかりするんだろうな」

頬に触れた唇がゆっくりと顎を伝って首筋へと這わされる。反射的に強張った背中を宥めるように撫で擦られた。

明日も仕事なのでそこに痕を付けられるのは非常にまずい。橙吾もその点は弁えているので目立つ所へ痕を付けるような真似はしないというのに、なぜか今日は色々な点に過敏になってしまう。

そんな彩子の様子に気づいているのか、いつも以上にゆっくりと、執拗な愛撫にただひたすら身を震わせた。

「おねが……っ、も……ぅ、ああ……っ！」

胸の頂がじんじんと痺れ、感覚がなくなってきた。なんとか引き離そうとしたものの、橙吾はそれが気に入らなかったらしい。かぷ、と柔く噛みつかれ、彩子は高い声で啼いた。

柔らかな熱が鎖骨に移動し、ようやく肩の力を抜いて身を任せる。橙吾は彩子の小刻みに震える腹に口付けるとゆっくり身を起こした。

一度ベッドから下りるとジャケットを脱ぎ、ネクタイを外す。次々と身に着けているものを脱ぎ捨てながらぐったりとベッドに沈む彩子へと、愉悦に染まった眼差しを向けていた。

「橙、吾、く……」

途切れ途切れに名を呼ぶ声はかすれて欲に染まっているのを自覚する。浅く、細切れな呼吸を繰り返すたびに、膨らみが視界の端でふるふると揺れていた。

再びベッドに上がってきた橙吾は差し伸べた手に指を絡ませて甘い笑みを浮かべる。空いている方の手で叢をかき分け、秘めた泉を素早く探し当てられた。そこにはすっかり準備の整った肉壺が今にも溢れそうなほどの蜜を湛《たた》えている。

指先で入口を擽《くすぐ》っただけでこぽりと蜜が流れ落ちていくのを感じた。もっと奥まで触ってほしい。繋いだ手に力を入れると橙吾が笑みを深めた。

「彩子、力を抜いてくれ」

「んっ……わか、って……るけ、ど…………」

左右に広げられた脚の間で橙吾が腰を浮かせ、ぬるつく入口にすっかり用意の整った屹立《きつりつ》を押し当てた。何度も受け入れているというのにこの瞬間だけはどうしても慣れない。柔肉をこじ開けられていくのを感じ、背中をぞわぞわとしたものが駆け上がっていった。

「ふ……っ、あ……ぅ、く…………」

どんなに時間をかけて解されても、元が元だけにいざ埋め込まれるとみっちりと隙間がなくなってしまう。苦しげに喘ぐ彩子の上には眉間に皺を寄せ、悩ましげな溜息を零す端整な顔があった。

「も、少し……だ」

「ひぅっ……あっ、そこっ、やめ…………あぁあ――ッッ！」

長い指が繋がった場所をするりと撫で、その上にある膨らんだ粒を押し潰した。一度はぎゅうっと窄《すぼ》まった肉襞は、彩子が軽く達するとより柔らかくなる。橙吾は力の抜けた腰を更に引き寄せると容赦なく肉茎を進ませた。

ぴったりと腰が重なり、根元まで埋め込まれると繋いだ手が強めに握られる。涙で霞んだ視界では、橙吾が最奥まで到達した入口を見つめていた。

「……苦しいか？」

「ううん、平気」

圧迫感はあるけれど、今はそれすらも心地よく感じられる。それに、ずっと思い続けてきた人に求められ、欲情してもらえることが嬉しかった。

橙吾は口元に笑みを刷くとゆっくり腰を引いていく。それを引き留めようと襞がざわめき、押し込むとより奥へと誘うように蠢《うごめ》いた。

彩子が深い繋がりを欲しているのが伝わったらしい。小刻みに腰を揺らして奥を何度も突き上げてくる。

手を解き、隙間なく抱き合う。

「橙吾……くっ、ま、た…………っ！」

逞しい胸元に顔を埋め、切羽詰まった声で限界を伝えると律動が更に速められた。

「ほら。好きな時にイけ…………！」

「も……いっ…………ああ――ッッ!!」

堪らず背に回した指先に力が入る。痛いはずだというのに橙吾は構わず先ほどより深く達した彩子を抱きしめた。

喰《く》いちぎらんばかりに強く、そして不規則にうねる襞に促され、低い呻き声と共に橙吾が欲《よく》を解放した。

「んっ……あ、つい…………」

どくんと脈打つように放たれる白濁はいつも以上に熱を帯びているように感じる。半ば意識を飛ばしたままの呟きに橙吾は口付けで応えた。

「…………橙吾、くん？」

なかなか整わない呼吸の合間に彩子が問いかける。目の前にある端整な顔は思わせぶりな笑みを浮かべ、ゆらりと腰を揺らめかせた。

「もう少し、このままでいていいか？」

「……ん、わかった」

落ち着きを取り戻した彩子はふと現実へと意識を戻す。そういえば銀行と警察署に行かなくてはならないから職場に事情を伝えないと。

休みを取っても迷惑がかからない日はあっただろうか。頭の中でスケジュールを確認しているとするりと頬を撫でられた。

「余計なことを考えてないか？」

「あっ……ごめん」

「今は俺だけを見る時間だろ」

不満げな顔はなんだか可愛く思えてくる。下唇をぱくりと食まれ、一度は収まったはずの欲望があっという間に蘇ってきた。

「今日はこのまま寝るか。そして明日の朝、一緒に風呂に入ろう」

「んんっ………わか、った」

ゆっくりと出し入れを繰り返しながら橙吾が囁いた。腰を引くたびに張り出した部分が蜜をかき出し、敷布と二人の太腿を濡らしていく。

動くたびにぐちぐちと粘度のある水音が耳を犯す。その音に煽られるかのように速度が上がっていき、遂に彩子は真っ白な世界へと放り込まれた。

◇◆◇

「生産部に行ってきます」

「はーい、お願いしまーす」

世津子達に見送られ、ファイルの束を抱えた彩子はそう告げると扉を開けた。そして作業着のファスナーを上げながら廊下を歩き出す。

あれほど安いものでとお願いしたはずなのに、色だけは地味なカシミアのニットが作業着に隠れているのをたしかめてからファイルを抱え直した。

空き巣事件から五日が経ち、ようやく状況が落ち着きつつある。

各種手続きのために休暇を申請する際、同じ課のメンバーには事情を説明した。突発的に休む必要が出てくるかもしれないので話しておいた方がいいという判断だったのだが、想像していた以上に同情されてしまい、逆に申し訳なくなってしまったほどだ。

足りないものはないか、なにか手伝えることがあれば遠慮なく声をかけてくれ、と口々に言われ、彼女達のお節介が今回ばかりは胸に沁《し》みた。

申し出は本当に有難いのだが、実のところ彩子はほとんど動いていない。どうしても本人が出向かなければならない件以外は橙吾が手配してくれたのだ。

幸いなことに両親は何事もなく平穏に過ごしているという報告が入っている。そして彩子のアパートも片付けが終わり、今は解約の手続きを進めている真っ最中だった。

「失礼します。生産計画表をお持ちしました」

「はーい、受け取ります」

いつものようにファイルを渡し、いつものように空のファイルを受け取る。そんな何気ないやり取りが今は嬉しかった。

いずれはこのやり取りもできなくなる。そろそろ事業譲渡後のことも決めていかなくては、などと漠然と考えながら自分の席に戻ると、そこには驚きの光景が広がっていた。

「おかえりなさい」

喉から出かかっていた「戻りました」という挨拶は声に乗せられることなく消えていく。目を見開いたまま動きを止めた彩子へと、錦田茉弥香がつかつかと歩み寄ってきた。

世津子達はこの来訪者をどう扱うべきか決めかねているようだ。書類綴じの作業をしていたキャビネットの前からこちらを見つめる顔にはありありと困惑が浮かんでいた。

――どうしてここに？

問うよりも先にファイルを持っていない右手をがしっと両手で摑まれ、思わず肩が跳ねた。

「まさかこんな所で三浦さんに会えると思わなかったわ！」

「…………は？」

彩子がここで働いているのを知った上でアパートまで押しかけてきたというのに、茉弥香はなにを言っているのだろうか。もしかして記憶喪失になった？　と疑いが脳裏をよぎったものの、そんな都合のいいことは起こるはずがないとすぐさま打ち消した。

「あの、どういう……」

「三浦さんてば急に転校してしまったでしょう？　あの時、みんななにかあったんじゃないかって心配したのよ」

問う言葉は芝居がかった声によってかき消される。

——まさか⁉

彩子にしか見えない角度で真っ赤な唇が不敵な笑みを浮かべた。

「お父様がネクサス製作所の社長を退任されたって……聞いた時は本当に驚いたわ」

茉弥香の暴露によって部屋に衝撃が走る。

「えっ……」

「ネクサスって……あのネクサス？」

思わずといった様子で漏れた声は誰のものだろう。至極どうでもいいことが頭に浮かぶのは、思考が停止しているせいかもしれない。

茉弥香の言葉は、かつてのクラスメイトを心配していたように聞こえただろう。だが、皮を一枚剝がすと、その中にはたっぷりの悪意が詰め込まれているのだ。

「錦田さん、ちょっと……」

「経営から完全に手を引かされただけでなく、株なんかも全部取り上げられてしまったのよね。心の病にかかられて田舎で隠居したくなるのは当然だわ」

手首に爪が食い込み、鋭い痛みが走る。振り解こうとしたのだが、逃がさないと言わんばかりに更に強く摑まれた。こちらの言葉を一切無視して大袈裟な芝居が続けられる。

保有していた株式をすべて売却したのには訳がある。繋がりを残した状態は、父親の復調の妨げになるかもしれないと、医師や親戚達と相談した上で手放したのだ。

だが、茉弥香の言葉を聞いただけであれば、まるで父はなにかしらの不祥事によって社長退任を迫られ、経営からも手を引かされたかのように捉えられる。

――違う。父は会社のことを考えて自ら身を引いたんです！

大声でそう反論したい。だが、ここは場所を弁えてきつく唇を嚙みしめた。

「でも、東京に戻ってきていたならどうして連絡をくれなかったの？　水臭いじゃない」

まるで彩子と友人関係だったかのように茉弥香が語る。たしかに同じクラスではあったが、なにかにつけて気遣いにカモフラージュした嫌味を浴びせかけられた記憶しかない。

なにをどこから訂正するべきだろうか。必死で考えているものの、四方八方から突き刺さる視線によって思考は空回りするばかりだった。

なにか言わなくては。彩子が唇を開こうとした次の瞬間――背後で扉が開かれる音がした。

「なにをしている」

頭上から降ってきた声はまるで獣の威嚇を連想させる。濃紺のスーツに包まれた腕が振り返りかけた身体に伸ばされ、肩を摑んで引き寄せられた。触れた背中からいつもより少し速い鼓動が伝わってくる。もしかして急いで来てくれたのだろうか。

後ろへ下がった拍子にやっと右手が拘束から解放される。橙吾の登場が想定外だったのか、茉弥香の顔からは余裕の気配が消え失せていた。

「ここは部外者が入っていい場所ではない。れっきとした不法侵入だ」

「橙吾さん違うの！　私は、その……」

「名前を呼ばれる筋合いはないし、これまでも一度もなかったが？」

この一言によって茉弥香が橙吾の婚約者だという噂は完全に否定された。

彩子の過去を暴露すべく人の多い場所を選んだのが仇《あだ》になったらしい。妄言をあっけなく暴露された茉弥香は慌てたように周囲を見回している。

「わ、私は、橙吾さんに会いたくてわざわざこんな田舎まで来たのよ？　それなのに……酷いです」

茉弥香が急にしおらしくなった。目を潤ませ、今にも泣きそうな顔で訴えてくる。

成り行きを見守っている面々は展開の早さについていけないらしい。呆気に取られた様子で悲哀たっぷりの嘆きを眺めていた。

そんな迫真の演技も虚しく、橙吾は相変わらず険しい表情を浮かべている。空いている方の手をジャケットの内側に滑り込ませ、スマホを取り出した。

「この件は錦英会へ正式に抗議させてもらう」

「えっ……!?　これくらいのことでそこまでするなんて、やりすぎじゃありませんか？」

「……これくらいのこと？」

　橙吾の声が更に低くなる。肩を摑む手にもぐっと力が籠められ、微かな痛みを感じた。茉弥香は必死で止めようとしているようだが、残念ながら逆効果だったらしい。

「不法侵入しただけでなく、真面目に働いている従業員を貶めるような言動をした。抗議するには十分な蛮行だろう」

「蛮行、って………」

「しかもその相手は私の婚約者だ。腹を立てて当然だ」

　橙吾の衝撃発言により全員の視線が彩子へと集中する。ファイルを持つ左手の薬指になにも見つけられないと、どういうことかと探るような眼差しへと変わっていった。

「あっ……」

　肩から離れた手が彩子のうなじから襟元へと滑り込んでいく。指先に引っ掛けられた細い鎖の先で光るものを認め、世津子達は目を見開いて息を呑んだ。

　婚約の件は茉弥香も把握していなかったのか、盛大に顔をひきつらせている。

「業務の邪魔だ。今すぐ出て行け」

「でも、私は……」

「それとも、警察を呼んでほしいのか？」

茉弥香は万策尽きたと悟ったのだろうか、俯いてから派手なネイルが施された手できつく拳を作った。

「……ん、でよ…………」

「え？」

ゆっくりと上げられた顔は真っ赤に染まっている。強い憎しみを籠めた眼差しで睨みつけられ、彩子はびくりと身を震わせた。

「なんで、あんたみたいなのが選ばれるのよ……不細工な上に能天気で！　しかも没落した貧乏人のくせに！　橙吾さんに相応しいところなんて一つもないじゃないっ!!」

茉弥香は髪を振り乱しながら彩子を罵倒する。頭に響く金切り声に最初は怯《ひる》んでしまったものの、すぐさま態勢を立て直した。

これまでずっと、父の社長退任から始まった一連の出来事は忌まわしい記憶となっていた。だが、橙吾の存在がそれを癒やしてくれたのだ。突然許嫁から拒否され、最も傷ついたはずの彼が慰めてくれたお陰で、鬱屈としていた記憶を払拭できた。

それに彩子はもう――逃げないと決めたのだ。

ぐっとお腹に力を入れ、茉弥香の眼差しを真正面から受け止めた。

「私は、父のことを誇りに思ってる」

「……はぁ？　あんたの頭の悪さは親譲りのようね！」

「成績は錦田さんより上だったけど？」

「そんな昔の話、憶えてないわよ」

　高校時代の彩子は馬鹿にされないように、そしてアメリカに留学した許嫁と少しでも釣り合う相手になろうと必死で勉強を頑張っていた。だが、それを前面に出せば嫌味を言われるのが目に見えていたので「まぐれだよ」と誤魔化し続けていたのだ。

　だが、彩子の方が成績が上だったのは紛れもない事実。指摘したがふんっと鼻で笑われた。

「父は自らの意思で社長の座を降りたの」

「どうせ周りから迫られて渋々従ったんでしょう？」

「違う。自分が経営者に向いていないとわかったから、取り返しのつかないことになる前に退いたんだよ」

　彩子の父はずっと葛藤していた。周囲からの期待に応えたい気持ちはあるが、このままでは祖父が興した大事な会社を潰してしまうかもしれない。自分のプライドとネクサス製作所を天秤にかけた結果、退任すると決めたのだ。

「己の限界を受け入れることはとても勇気が要ることだって、働くようになってわかった。だから私は……父の決断を恥ずかしいとは思っていない」

あのままネクサス製作所の社長の椅子に縋りついていたとしたら、信頼できる部下達が去り、よからぬことを企む人間が寄ってきていたかもしれない。そして騙《だま》された挙句、ライバル企業に買収されていた可能性だってあるのだ。

だから父はボロボロになりながらも信頼できる人物に会社を託し、潔く身を引いた。

彩子の毅然《きぜん》とした主張に茉弥香は真っ赤な唇を震わせている。だが、反論する隙を見つけられなかったのだろう。タイルをヒールが叩く甲高い音を立てながら去っていった。

——やっと終わった。

安堵の溜息を漏らすと肩を抱いていた手がゆっくりと離れ、彩子の右手をそっと持ち上げる。

「痛むか？　出血はしていないようだが」

「あ、うん……平気。来てくれてありがとう」

爪が刺さっていた部分にはまだ痛みは残っているが、痕になる心配はなさそうだ。

不意打ちの訪問に硬直してしまったが、橙吾の温もりが彩子に勇気をくれた。振り返って感謝を伝えると険しい気配が少しだけ和らいだ。

「錦田茉弥香がまた乗り込んできたと聞いて急いで来たが、止められなくて悪かった」

「そうだったんだね。でも、十分だよ」

口ではそう言ったものの、まさかこんなタイミングで、しかもこんな状況で素性を明かすことになるとは思わなかった。

この後、世津子達とどんな顔で接したらいいのかわからないし、興味本位の視線を向けられ、面白おかしく噂話もされるかもしれない。

過保護な橙吾は帰らせせようとしてくるが、今日中に終わらせなければいけない仕事が残っている。彩子は何度も「大丈夫」と繰り返し、半ば強引に橙吾を廊下へと送り出した。

部屋の中は未だに誰もが無言で、妙な緊張感に包まれている。

だが、ここからは彩子が一人で事態を収拾しなくてはならない。心臓が痛いほど激しく脈を打ち、段々と息が苦しくなってきた。全身に緊張を漲らせながら振り返ると、深々と頭を下げた。

「お騒がせして……本当に申し訳ありませんでした」

一連の騒動は茉弥香が勝手に暴走したことで引き起こされたので、彩子に責任があるかと言われたらそうではないだろう。だが、彩子がいたせいで業務を止めてしまったのは事実なので、その点に関しては謝罪しなくてはならない。

「気にしなくていいよ。みんな、仕事に戻ろう」

課長の号令によって緊迫していた空気が緩んでいくのを肌で感じた。いつもの賑やかさが戻りつつある中、世津子達がこちらへ近付いてくる。

「三浦さん、大丈夫？」

「……は、い。お気遣いありがとうございます」

質問攻めにされると思いきや、最初にかけられたのは労わりの言葉だった。その場から動けずにいると優しく手を取られ、キャビネット前の作業スペースにある椅子へと座らされた。

「びっくりしたよね。ここでちょっと休んでいて」

持っていたファイルは素早く回収され、目の前には温かいお茶の入った紙コップが置かれる。

「というか、なにあの人。美人だけど常識なさすぎ。……あれ、この書類って二月の分だっけ？」

「ううん、三月よ。いやぁ、いくら美人でお金持ちでもあれはないわ」

「加々良専務もあんな人に言い寄られて災難よね」

世津子を筆頭としたパート従業員達がテーブルに散らばっていた書類を片付けながら口々に茉弥香について文句を言っている。

質問攻めにされる、もしくは距離を置かれるのを覚悟していたというのに、彼女達の態度はいつもと変わりない。あまりにも予想外すぎる状況に、彼女達の作業を見つめていることしかできなかった。

「あ、の……」

堪らず彩子が会話に割り込むと全員の視線が集中する。手を止め、続きを待っている姿を目の当たりにして急に怖気づいてしまった。

「申し訳ありません。私はその……皆さんを騙して、いました……」

小澤精密に勤めている者であればネクサス製作所の名前を一度は聞いたことがあるに違いない。しかも会社の規模は段違いに大きい。いくら退任しているとはいえ、彩子が創業者一族だという事実に衝撃を受けたはず。

それに加えて橙吾と結婚を約束している身でもある。茉弥香が偽の婚約者だとわかった上で沈黙を貫いていた点は責められても仕方がない。

「えー？　別に騙されたとは思っていないけどな」

「うん。私もよ」

「もしかすると三浦さんはお嬢様なんじゃないかって、なんとなく思ってたしね」

「えっ……？」

皆がうんうんと頷いているのに彩子は絶句する。身上については絶対に明かさないよう細心の注意を払っていたし、慎ましやかな生活を送っていたつもりだ。

一体どこで気づかれてしまったのだろう。それとも、気づかないうちに推測できるような言動をしていたのだろうか。

「なんていうのかな。三浦さんの所作って優雅なのよね」

「うんうん。食べ方なんかもすごく綺麗だから、テーブルマナーの教育をしっかり受けているんだなーって思ってた」

「そう、ですか……」

「ネクサス製作所社長の孫娘」として幼い頃から社交の場に出ることもあり、礼儀作法に関しては厳しく躾《しつ》けられていたのは事実である。

彩子自身は意識した振る舞いをしていたつもりはない。だけど、疑惑を持たれるほど明確な違いがあったのだろう。

「あとほら、何年か前にあった社長の誕生日会で誰かが落とした料理を拾ってくれたでしょう？　あの時、鞄から懐紙を出したから、あぁやっぱり！　って思ったのよ」

「……皆さんは持ち歩いていないのですか？」

「持ってないわよー。ああいう場合はティッシュペーパーを使うわ」

「あっ……そう、なんですね」

——みんなが持っているわけじゃないんだ。初めて知った……。

懐紙はティッシュペーパーよりも厚手で大きく、なにかと使い勝手がいいので小さな時から持ち歩くようにしていた。といっても昔のような高級品ではなく、ホームセンターで買い求めた無地のものである。

そんなところから疑われるようになっていたなんて。身体にしみついたものを隠す難しさを痛感していると、世津子が楽しそうに笑った。

「別に三浦さんは嘘をついていたわけではないでしょう？　言っていなかっただけだから、騙していたのとは違うわよ」

「……ありがとうございます」

「でも、加々良専務と結婚する件はさすがにびっくりしたわよぉ」

「あの、それは……」

ずいっと迫ってきた世津子は相変わらず笑顔を浮かべているが妙な圧力を感じる。思わず彩子が後ろへ身を退くと他の女性社員が割り込んできた。

「ねぇ、結婚するなら仕事を続けるのは難しいよね？　だってここに住まないでしょ？」

「うーん、三浦さんが抜けるのは結構な痛手だわぁ」

いつもと変わらぬ調子でリズムよく会話が繰り広げられていく様に、彩子は湧き上がってくる涙を堪えようときゅっと唇を引き結んだ。

彼女達が噂好きなのを警戒して無言を貫いてきた。だけどちゃんと分別があるのは仕事を通して知っていたではないか。現に彩子の素性が暴かれても、態度は変わっていない。

――やっぱり私は、自意識過剰だったみたい。

「課長には早めに言っておいた方がいいわよ。きっと泣いちゃうと思うけど」

「…………はい」

彩子が素直に頷くと、何事もなかったかのように仕事が再開された。

そして、この日からちょうど一週間後、衝撃的なニュースが日本を駆け巡った。

◇◆◇

ニュースアプリから「緊急速報」の通知があったのは出勤の支度を終えた直後のことだった。

彩子は詳細をたしかめるべくスマホに表示された通知をタップする。そして食い入るように記事の内容を読んでいると「あぁ」という低い声が頭上から降ってきた。

「もう動きはじめたのか。早かったな」

「『もう』って……知っていたの？」

思わせぶりな物言いにぱっと振り返って訊ねる。背後に立っている橙吾はふっと口元に淡い笑みを浮かべた。明言はしていないものの、この表情は正解なのだろう。

「随分と前から噂になっていたんだ。証拠が揃ったので捜査に踏みきったんだろう」

「そんな事情があったんだね」

「錦英会が脱税、って……」

記事には取引先へ実際に支払ったものより高い金額を記載した請求書を出すよう迫られた。もし断れば取引を打ち切ると言われて応じざるを得なかった、という証言も載っていたので

ＣＡＬＯＲにもなんらかの依頼があったのかもしれない。

そして彩子が最も注目したのは、一連の不正の指示は錦英会の現社長、つまり――茉弥香の父親が指示していたという点だ。

当人は否認しているようだが、記事では逮捕まで秒読みの上に不可避だと書かれていた。逮捕されて有罪判決を受けた場合、退任するしか道は残されていない。いや、逮捕された時点で解任させられる確率の方が高いだろう。

もしそうなった場合、娘である茉弥香は――。

彩子の父親を追い出されたかのように言っていた。だが、自分の父親がそうなってしまうとは皮肉なものだ。

「そろそろ出られるか？」

「あっ……うん」

彩子はマンションの最寄り駅で降ろしてもらい、電車とバスを乗り継いで通勤している。一緒に住んでいることを知っている世津子達からは「車で来ちゃえば楽なのに」と言われているが、そこはちゃんと線引きをすると決めていた。

いつものように車に乗り込み、スマホに表示させたままだった記事へと再び目を落とす。

「ＣＡＬＯＲに影響が出たりしないといいんだけど……」

「それは問題ない。なにせ情報を提供した側だからな」

「えっ……それ、って………」

もしかしてこれは、茉弥香の暴挙に対する報復なのだろうか。いや、たまたまタイミングが重なっただけだろう。

言葉を続けるのを躊躇っていると橙吾が思わせぶりに微笑んだ。

「またあとでね」

「あぁ、気をつけてな」

たった十分電車に乗り、会社のシャトルバスに乗るだけなのに橙吾は必ずそう言ってくれる。過保護すぎると思いつつ、今は素直に嬉しいと感じられるようになった。

そして今週末には――橙吾の実家を訪問するという大事なイベントを控えている。

そろそろ手土産になにを持っていくかを決めなくてはならない。橙吾の両親の好みは知っているが、変わっていないだろうか。帰宅したらすぐに確認しようと心の中で決めつつ、軽やかな足取りで改札を通り抜けた。

◇◆◇

――いい天気。

彩子は車窓から抜けるような青空を眺めていた。

この時期は雨天の日が多いのでこんな晴天になるのは実に珍しい。これは幸先がいいなと口元を綻ばせた。

つと車内に視線を戻すと、そこには一分の隙もなくスーツを着こなした男が座っている。端整な顔に険しさを乗せているが、なにか問題があったのだろうか。

「橙吾君、大丈夫？」

「…………あぁ」

いつもの自信たっぷりな口調ではなく、妙に歯切れが悪いのは気のせいではないはず。彩子がじっと見つめていると橙吾が薄く苦笑いを浮かべた。

「少し緊張しているだけだ。気にするな」

「緊張って、どうして？」

彩子の両親のことは昔から知っているし、結婚の件も事前に伝えてある。驚かれはしたものの二人とも喜んでくれたので反対される心配はない。ただ改めて挨拶に行くだけなのだ。

「彩子だって緊張していただろ」

「それはそうだけど、私の場合は事情が事情だもん。仕方ないでしょ？」

橙吾の両親へ挨拶に行くという重要なイベントを乗り越えたのは先週のことだった。

引っ越す前は良好な関係を築いていたが、なにせ今の彩子は大企業の社長令嬢ではなく、東京郊外にある中小企業の平社員にすぎない。反対される可能性も残されているだけに、前日は夜から食べ物がなにも喉を通らないほど緊張していた。

結果的には満面の笑みで迎え入れられ、完全なる杞憂だったのだが。

「間もなく到着いたします」

運転席から福場が控えめな声で告げる。前方に視線を移すと、細い道の先に藍色の屋根の一軒家が見えてきた。

不意に初めてここに来た日のことを思い出す。同じように車に揺られ、これからあの家に住むのだと言われた時、これまでとはまったく違う生活を送るのだと思い知らされた。

古びた小さな家を見ると、ここに定住するまでの苦しい記憶が蘇ってきて少し辛かった。だけど今、胸に湧き上がってくるのは懐かしさだけ。それはきっと、彩子が自分の置かれた状況を受け入れたからなのだろう。

近付くにつれて、道路と家を隔てる竹垣が真新しいものになっているのに気づく。そういえば、心なしか家が全体的に綺麗になっているような……？

違和感の正体を突き止められないまま、福場の運転する車が庭先へと停められた。音で気づいたのか、玄関から彩子の母、育代が少し慌てた様子で姿を見せる。

「おかえり、彩子」

「ただいま」

育代はそこで言葉を区切り、娘の隣に立つ男を見上げた。唇を開いたものの途中で止め、戸惑いの表情を浮かべる。

「あの……」

「どうぞ以前と同じように話してください」

時間が経ち、立場まで変わったせいで気安い話し方や呼び名を口にするのを躊躇っていたらしい。橙吾はほんの僅かな時間でそれを察知し、フォローしてくれたのだ。

育代は目を潤ませながら微笑むと、真っ直ぐに橙吾を見上げる。

「橙吾君、すっかり立派になったわね……」

「ご無沙汰しております、育代さん」

最後に言葉を交わした時と変わらない、まるで十年を超える別離を感じさせない口ぶりに彩子はなぜか泣きそうになってしまった。

「さぁさぁ、狭い家だけど入ってちょうだい」

「お邪魔します」

玄関を上がってすぐ左手にある居間は、古びているものの綺麗に整理されている。橙吾と並んで座布団に座ると、台所へと繋がる引き戸がからりと開いた。

「やぁ、いらっしゃい」

彩子が帰省したのは去年の正月。一年半ぶりに顔を合わせた父、俊将は幾分か頬がふっくらしたように思えた。

「コーヒーを淹れているんだ。もう少し待っててね」

「はい」

そういえば、香ばしい匂いが部屋の中に漂っている。それだけ言い残すと俊将は顔を引っ込め、扉を閉めてしまった。

「お父さんね、最近はお菓子作りにはまっているのよ」

「えっ……そうなんだ」

引っ越してきた当初は床に臥《ふ》せていた俊将は徐々に回復し、しばらくしてから庭で家庭菜園をはじめた。年々畑を広げていったが、採れたものの調理は育代と彩子に任せきりだったというのに。

どういう風の吹き回しかと驚いていると、育代が台所の方を見遣ってから声を潜めた。

「急に『料理は化学だ！』なんて言い出してねぇ。楽しそうだし、美味しいものを作ってくれるから任せているの」

「へぇ……あ、だからちょっと太ったんでしょ？」

「そうそう。納得するまで何回も作るのだけは困っちゃうのよね」

困ると言いながらも育代の口調はまったくそうは聞こえない。むしろ己の無力さに絶望し、生きることすら放棄しかけていた夫が回復した喜びが上回っているのだろう。

相変わらずの仲睦まじい姿を目の当たりにして、彩子はふふっと小さく笑みを零した。

「いやぁ、待たせて悪かったね」

俊将は嬉々《きき》とした様子でコーヒーカップを座卓に並べる。入れ替わりで台所へ行った育代は大きな平皿を持って戻ってきた。

「まずは熱いうちになにも入れないで飲んでごらん」

「はいはい」

コーヒーもまた今日のお菓子と「科学的に」合う豆を選んできたのだと育代が教えてくれた。それを聞かされてしまっては従うより他はない。湯気の立ち昇るコーヒーを火傷に気をつけながらそっと口に含んだ。

「微かに甘みが感じられますね」

「うん……不思議」

橙吾と彩子の感想に俊将は満足げに微笑み、ペーパーナプキンが敷かれた皿を手で示した。

「このマドレーヌは自信作でね。あぁ、橙吾君は甘いものは平気だったかな」

「はい、いただきます」

橙吾は手を伸ばし、貝殻の形をした焼き菓子を摘まみ上げた。それをまず彩子の手元にある小皿へ置き、もう一つを自分の皿に置く。

そしてすぐに食べるのかと思いきや、指先を拭ってから両手を膝の上に乗せた。

「俊将さん、ご無沙汰しています」

「あぁ！　すまない。挨拶がまだだったね」

「いえ、お気になさらず」

俊将が夢中になるとどんな制止も意味がないのは昔から変わっていない。ようやく大事なプロセスが抜け落ちていたことに気づいたのか、俊将は決まり悪そうな顔で姿勢を正した。

「お元気そうでなによりです」

「うん……お陰様でのんびりやらせてもらっているよ」

ゆったりとした空気が徐々に張り詰めてくる。彩子は慌てて「あのね」と切り出した。

「電話で伝えたけど、私は……ええっと………」

伝える内容はごくシンプルだというのに、なぜか言葉がうまく出てこない。薄く唇を開いたまま動きを止めた彩子の手が温かなものに包まれた。

「予定通り彩子と結婚しますので、その挨拶に伺いました」

「よて……っ、ええっ⁉」

橙吾はさも昔からそれが決まっていたかのように宣言する。思わず声を上げるとなぜかじろりと睨まれてしまった。

「なにも間違っていないだろ」

「それは、そうなんだけど……！」

「じゃあなにが不満なんだ。言ってみろ」

いつものように小競り合いをはじめてしまったが、挨拶の途中なのを思い出して二人揃って口を噤《つぐ》む。

子供みたいな真似をするなと叱られるだろうか。おそるおそる両親を見遣ると、そこにはなぜか優しい微笑みと温かな眼差しがあった。

「……私が不甲斐ないばかりに、家族には要らぬ苦労をかけてしまった。彩子にも辛い選択をさせてしまって、本当に申し訳なかったね」

「お父さん……」

逃げるように東京を去った日のことは、今でも思い出すだけで胸が苦しくなる。だけど、すべてを捨てて家族と共に暮らすという選択を後悔したことは一度もないし、もし選び直せるとしても同じ道を選ぶだろう。

「俺は、俊将さんは正しい選択をしたと思っています」

「だが……僕は橙吾君と彩子を引き離してしまった。恨んでいないのかい？」

「ええ、距離や時間など関係ありません。どんなことがあったとしても、彩子は俺と結婚する運命だったのですから」

まるで太陽が東から昇って西へと沈むのと同じ、自然の摂理だと言わんばかりに橙吾が語る。両親の前で臆面もなく言いきられてしまい、彩子はじわりと頬を赤らめた。

「それに、本来であればサポートすべきだったというのに、ロスコル社への対応があったせいで手が回らず、申し訳ありませんでした」

「いや、ＣＡＬＯＲがあの件にかかりきりになったのは当然だよ」

あの時、ヨーロッパ最大手の家電メーカーであるロスコル社が本格的にアジア市場への参入を宣言し、フィリピンに巨大な工場を建設しはじめた。相手が相手だけにＣＡＬＯＲも入念な対策を講じなければならず、俊将の窮地に手を差し伸べる余裕がなかったのだ。

「綜二郎さんと俊将さんではビジネスのスタイルがまったく異なります。それに合わせて補佐役を変えた方がいいと、せめてアドバイスをすべきだったと……祖父は嘆いていました」

「そうか、仁之介さんが………」

この話は橙吾の両親へ挨拶に行った場で聞かされた。

五年前にこの世を去ったＣＡＬＯＲの創業者は、ずっと親友が興した会社を気にかけてくれていたそうだ。

「普通であれば権力や地位に固執するというのに、俊将さんはそれをしなかった。プライドを捨ててネクサス製作所を存続させるなど、誰よりも会社を大事に想っていなければできることではありません」

「……ありがとう。橙吾君にそう言ってもらえると気が楽になるよ」

彩子の父親は顔からすっと笑みを消し、橙吾に向かって深々と頭を下げる。

「どうか……彩子をよろしく頼みます」

「はい。どんなことがあっても守り抜くと誓います」

いつになく真剣な声での宣誓が胸の奥底まで響き渡る。こみ上げてくる熱いものを必死で留めていると、対面に座る育代がそっと目元を拭っていた。

「彩子、幸せになるのよ」

「うん。二人で幸せになれるよう頑張るね」

――幸せにしてもらうのではなく、橙吾と力を合わせて幸せになる。

その意味を両親が理解したかどうか定かでない。

だが、彩子の隣に座る人物だけは気づいたのか、座卓の下で重ねた手にきゅっと力が籠められた。


そして一時間後――再び橙吾と彩子は車へと乗り込んだ。

「じゃあ……身体に気をつけてね」

「あぁ、彩子と橙吾君も」

「お菓子を食べすぎないようにするんだよ！」

帰り際に渡された袋の中にはどっさりと俊将特製の焼き菓子が詰め込まれている。凝り性なのは相変わらずだと思わず苦笑いしてしまった。

別れの挨拶と共に東京に着いたら連絡すると告げ、車が静かに走り出す。振り返ると両親は家の前からこちらをずっと見つめていた。

「お疲れ様」

「うん、橙吾君も」

優しく頭を撫でられ、そこから伝わってくる熱と掌の感触を堪能する。

「そういえば、全然緊張しているように見えなかったよ。さすがだね」

「当たり前だろ。そんな格好悪いところを見せられるか」

そこはプライドが許さないらしい。昔から変わらない橙吾らしさにふっと唇を綻ばせた。

「本当はゆっくり帰省させてやりたかったんだが、日帰りで悪いな」

「ううん。忙しいんだから仕方ないよ」

事業譲渡のプロジェクトもいよいよ大詰めを迎えている。

それが無事に終わったら、彩子は退職し、今度は結婚のための準備やらマナーの学び直しやらが目白押しだ。

予定表を見る限り、仕事をしている時以上の忙しさになるのは間違いない。

「私……頑張るね」

すべては橙吾と幸せになるため。

晴れやかに笑う彩子へ、橙吾が眩《まぶ》しいものを見るかのような眼差しを向けて微笑んだ。

エピローグ

「では、ベールを下ろしますね」

「はい」

彩子が返事をするのと同時に薄布が視界を覆う。あまり意識していなかったが、声にははっきりと緊張の色が出ていた。

ふと窓の外を眺めると、雲の合間から柔らかな日差しが顔を覗かせている。冷たい雨が降ってくるのを覚悟していたが、どうやら回避できたらしい。

「お父様がお見えになりました」

かちゃりと控えめな音と共に扉が開かれ、モーニング姿の俊将が新婦の控室に入ってくる。

結婚報告で顔を合わせた時から更にふっくらとした頬を緩ませた。

「彩子、よく似合っているよ」

「ん……ありがとう」

いつも一人娘を褒めてくれる人ではあったが、この歳になってはっきり言われると照れくさい。ついぶっきらぼうな口調になってしまったことを反省したが、父親は気にした様子はなかった。

彩子が小澤精密を退職してから早くも五ヶ月が経った。その翌日には橙吾の希望通り、名字を「加々良」に変更する手続きを済ませ、加々良家の一員として各種レッスンを受けつつ結婚式の準備を進めてきた。

新しい環境に慣れながらの花嫁修業はなかなかハードで、まるで終わりの見えない繁忙期に放り込まれたような毎日だった。あっという間に一日が過ぎ、気がつけば結婚式当日を迎えていたのだ。

今日は純粋に「結婚式」のみで、新郎と新婦の両親しか参列しない。本来は大勢の親族や会社関係者を招いて執り行うのだが、彩子の父親の負担を考えてこのような形になった。

その代わり、披露パーティーは都心にある五つ星ホテルの最も広い会場で行われる。そちらには小澤社長や世津子など、小澤精密でお世話になった面々を招待していた。

式が終わったらすぐそちらの準備に本腰を入れなくてはならない。残りのタスクを思い出そうとした彩子だが、「お時間です」の言葉によって現実に引き戻された。

「はぁ……緊張するな」

「お父さん、お願いだから転ばないでよ」

大きな扉が開かれるのを待ちながら父親に釘を刺す。俊将は深呼吸をしてから顎を引き、真っ直ぐ前を見つめた。

「こういう時くらい、しっかりしないとな」

絶対に彩子に恥をかかせないという気迫が伝わってくる。その横顔は真剣そのもので、かつて祖父とネクサス製作所の未来について語り合っていた時を思い出させた。

――ベールがあってよかった。

胸がきゅっと締めつけられ、目の奥がじわりと熱くなる。瞬きを繰り返して涙を散らしていると、パイプオルガンの音色が聞こえてきた。

扉が開かれ、石造りの聖堂が姿を現す。

ステンドグラスの柔らかな光を背に受けながら、純白のタキシードを身に纏った橙吾がこちらを見つめていた。

「……行こうか」

彩子の夫は眩しいものを見るかのように目を細めている。うっかり見惚れていたのを父の囁きで我に返った。そしてエスコートを受けるために預けた手を引かれるがまま、ゆっくりと踏み出す。

あれほど不安がっていたというのに、俊将の足取りは思いのほかしっかりとしている。きっともうこんなふうに腕を組んで歩くことはないだろう。彩子は一歩ずつ踏みしめるように歩みを進め、遂にはバージンロードの中ほどで待つ橙吾の前まで辿り着いた。

父の腕に添えていた手を離し、差し出された夫の腕に手を通す。そして二人はまったく同じタイミングで歩き出した。

「彩子」

「なに？」

「綺麗だよ」

ゆっくりと進みながら橙吾が囁く。あまりにもストレートすぎる誉め言葉に絶句していると、ぷっと小さく吹き出す音が降ってくる。

「やっぱり、俺が見立てた通りだな」

ドレスを選ぶ時、彩子は膨大なリストの中からなんとか二つまで絞った。だがそれから先は決定打が見つけられず、最終判断を橙吾に委ねたのだ。

——候補を絞ったのは私だもん！

出かかった抗議の言葉をなんとか呑み込み、ベール越しにじろりと睨みつける。

「そんな顔をしても可愛いな」

今日の橙吾はいつも以上に甘い。いくら入籍を先に済ませたとはいえ、結婚式を楽しみにしていてくれたのかと思うと胸がいっぱいになる。

——私だけこんなに幸せでいいのかな。

結婚の宣誓を終えた途端、突如として不安が湧き上がってくる。

両親はこの式のために上京してきてくれただけで、明日の夜には飛行機に乗って帰ってしまうのだ。

『私達は今の暮らしが気に入っているのよ』

加々良家からは望むならこちらで生活できるよう取り計らう、と提案されたが、丁重な礼と共に断りの返事が来たのだ。

そう言うのであれば押しつけるわけにはいかない。だが、彩子だけが「元の生活」に戻ることに僅かながらも罪悪感を抱いていた。

「それでは、指輪の交換です」

その言葉に促されて橙吾と向かい合わせになる。リングピローから白銀の輝きが摘まみ上げられ、差し出した左手の薬指へと優しく通された。

今度は彩子の番だ。落とさないように細心の注意を払い、慎重に橙吾の薬指へと嵌めた。

粗相をせずに済んだとほっとしていると、目端で両親の姿を捉える。

母親の育代はハンカチをしきりに目元へ押し当て、溢れる涙を何度も拭っている。その隣では俊将が唇を引き結び、彩子達の姿を目に焼きつけようとしていた。

『きっとご両親は、彩子が幸せに暮らしていればそれで十分なんだ』

提案を断られて戸惑っていた時、橙吾は彩子を抱きしめながらそう言ってくれた。

――大丈夫、私は幸せだよ。

一年前は明るい未来など訪れるはずがないと思っていた。

だが、まさに今、彩子に幸せをもたらしてくれた存在が手を伸ばし、顔を覆っていたベールを優しい手付きで持ち上げた。

肩を引き寄せられ、そっと瞼を下ろす。

唇に柔らかなものが重なり、触れた時と同じように優しく離された。

「もう遠慮しないからな」

ウェディングドレスが着られなくなったら困るからと、入籍したあとも妊娠しないように配慮してもらっていた。

だが、今日をもってそれを心配する必要がなくなるのだ。

「……お手柔らかにお願いします」

「善処はする」

——善処「は」って言った⁉

問い詰めたい気持ちをぐっと堪えた彩子の目にいつもの不敵な笑みが映っていた。

END

あとがき

お初の方は初めまして。そうでない方はお久しぶりです。蘇我空木《そがうつき》です。

このたびは「没落令嬢ですが、元婚約者御曹司に追いかけられてます!」をお手にとっていただき、誠にありがとうございます。

現代で「没落令嬢」という設定はあまり見ないかと思いますが、どこかに本当にいそうな設定にできたのではないかと自負しております。ただ、一歳の時点で嫁認定される経験は滅多にしないんじゃないかな−、と。

逆に四歳の時点で結婚相手を決めた橙吾《だいご》はなかなかの危険な人物ですが、一途だということで見逃して(?)いただけると嬉しいです。

泣く泣く大好きな幼馴染との未来を手放し、静かな暮らしを送っていた彩子の身に降りかかってきた衝撃的な出来事の数々をお楽しみいただけましたら幸いです。

そして、イラストを担当してくださった御子柴《みこしば》リョウ先生に深く御礼申し上げます。橙吾の見事なほどの不遜なイケメンぶりを目の当たりにした時、思わず感嘆の溜息が出てしまいました……。

最後に編集のT様、ならびにヴァニラ文庫編集部の皆さまには大変お世話になりました。

ではまた、どこかでお会いできる日を楽しみにしております。

蘇我空木

没落令嬢ですが、元婚約者御曹司に追いかけられてます!

Vanilla文庫 Miel

2025年2月5日　第1刷発行　　定価はカバーに表示してあります

著　作　蘇我空木　©UTSUKI SOGA 2025
装　画　御子柴リョウ
発行人　鈴木幸辰
発行所　株式会社ハーパーコリンズ・ジャパン
東京都千代田区大手町1-5-1
電話　04-2951-2000(営業)
0570-008091(読者サービス係)
印刷・製本　中央精版印刷株式会社

Printed in Japan ©K.K.HarperCollins Japan 2025 ISBN978-4-596-72511-0